Trois dossiers pour deux crimes

Martine Lady Daigre

Trois dossiers pour deux crimes

Contacter l'auteur :
www.ladydaigre.jimdo.com

Lettres fatales, éditions Unicité, 2017
La clé de la vertu, éditions Books on demand, 2 017
La mort dans l'âme, éditions Books on demand, 2 015
Une vie de chien, éditions Books on Demand, 2 015
Neitmar, éditions Books on Demand, 2 014

© Martine Lady Daigre
Édition : BoD - Books on Demand
12/14 rond point des Champs Elysées
75008 Paris
Imprimé par BoD – Books on Demand, Norderstedt
ISBN : 9 782322 084265
Dépôt légal : 3ème trimestre 2017

À mes lecteurs.

Ce livre est un roman.
Toute ressemblance avec des personnes, des noms propres, des lieux privés, des noms de firmes ou d'établissements, des situations existant ou ayant existé, ne saurait être que le fruit du hasard.

CHAPITRE I

Vendredi 26 août.

9 h 00.
Vacances !
Mots magiques auréolés par une myriade de notes colorées telle un époustouflant feu d'artifice. Les pensées chagrines des vacanciers de tous bords allaient céder la place à l'euphorie pour un temps déterminé à l'avance, balayées un matin comme par enchantement

Depuis onze mois qu'ils cohabitaient dans la maison louée à Sainte Savine, petite ville située dans l'Aube faisant partie de l'agglomération troyenne, le commandant Jean-Louis Dorman et le lieutenant Morgane Duharec avaient, d'un commun accord, posé leurs congés annuels à la même date un trimestre avant leur départ.

Inutile de s'ennuyer en solitaire, avait avoué le quinquagénaire, un soir de vague à l'âme.

La jeune femme n'avait pas trouvé utile d'objecter.

L'évidence s'était donc imposée d'elle-même : ils partiraient ensemble pour une courte période d'évasion culturelle. Sur les dix-huit jours que leur avait accordé le commissaire divisionnaire le mois précédent, ils consacreraient leur dernière semaine à cette délicate mission, la première étant destinée aux visites familiales vosgiennes, une obligation due à l'éloignement.

Décision prise, le plus dur avait été de s'entendre sur la destination.

Les os de Dorman souhaitaient s'expatrier vers le sud.

Anticipant les réactions de sa collègue, il avait récupéré des prospectus à l'agence de voyages proche de chez eux. Il les avait éparpillés autour de lui dans le salon. Il y en avait sur le canapé, sur les deux fauteuils et à ses pieds sur le tapis en laine bouclette. Il les consultait, fébrilement, les uns après les autres. Devant cet étalage ensoleillé, il n'avait que l'embarras du choix. Le Maroc, la Tunisie, l'Espagne, tous ces pays lui tendaient les bras et lui vantaient une température garantissant trente degrés minimum. La chaleur le jour, la tiédeur la nuit. Le bonheur sans nuage vendu dans une brochure.

Imaginez donc un peu les plages de sable fin, avait-il évoqué, un brin rêveur. La peau bronzée au retour, les virées sous la voie lactée, les palmiers, les chameaux, l'oasis, le thé à la menthe et les cocktails, etc. etc.

La fougueuse trentenaire, elle, se moquait bien des fêtes nocturnes d'Ibiza et de Marrakech. Elle avait déplié sur la table basse une carte de l'Europe. Assise en tailleur, elle pointait de son index droit les contrées nordiques. Embarrassée, elle hésitait entre la Norvège, la Suède et la Finlande. Elle voulait voir les fjords.

Dorman en frissonnait à l'avance.

Discussions houleuses autour d'une latitude imaginaire.

Il fallait couper la poire en deux.

Un no man's land s'était profilé à l'horizon, à mi-chemin entre le chaud et le froid, un compromis hasardeux pour assouplir la discorde naissante.

Le Royaume Uni, le futur Eldorado des deux D.

Ils jetèrent leur dévolu sur la cité de prédilection : Londres.

Pluvieux et venteux, avait ajouté Dorman.

Pfft, avait émis Duharec qui avait consulté un site météorologique. Durant leur période, le soleil devrait briller. Autant profiter de cette période bénie, avait-elle rétorqué.

Malgré son assentiment, avec un dernier espoir, Dorman avait défendu les médinas si chères à ses yeux. Il avait argué que, là-bas, sur cette île prisée par un public avide d'isolement insulaire, le crachin, la bruine, la " boucaille, " la flotte, quel que soit le nom donné, ce smog ruisselant s'invitait à toute heure de la journée. D'ailleurs, avait-il rajouté, histoire d'enfoncer le clou, l'emblème de l'Angleterre était le parapluie. Il avait ponctué sa phrase par un " n'est-ce pas ? " qui en disait long sur son appréhension.

Les arguments hautement justifiés du lieutenant avaient donc fini par le convaincre.

Cela faisait maintenant six jours qu'ils arpentaient les rues de la capitale sous une chaleur écrasante. Du jamais vu, foi de Londonien. Le pluviomètre affichait un zéro d'une persévérance triomphale.

Besoin de récupérer.

Sous la tonnelle faite de canisses en bambou fendues, confortablement installé dans un fauteuil en rotin, Dorman s'alanguissait à la terrasse de l'hôtel. Il dégustait une grande tasse de café noir en songeant que ce temps idyllique donnait raison à sa colocataire unique et préférée.

Le Français appréciait la vue du jardin à cette heure matinale, lequel jardin, ombragé par les différentes essences, avait permis à l'établissement de s'appeler le Green Hotel.

Il portait bien son nom. Les allées de graviers blancs structuraient l'espace à la façon d'un damier. De part et d'autre de ces voies rectilignes s'alignaient des massifs de rosiers jaune orangé où s'interpénétraient des hortensias bleus. Ces contrastes de couleurs s'harmonisaient avec les fleurs violettes d'une glycine qui était partie à l'assaut d'un vieux puits en s'enroulant autour de son armature lui servant de support. Dans ce décor apaisant, propice au farniente, le ciel bleu azur de la capitale rivalisait avec celui du pourtour méditerranéen.

Dorman ferma un instant les paupières et huma les parfums s'exhalant encore de la terre humide. La rosée persistait encore sur les feuilles en ce début de matinée et apportait cette délicate senteur. Il ouvrit les yeux en entendant claquer les talons de Duharec sur les dalles de la terrasse. Elle lui rapportait son deuxième croissant.

- Tenez, chef, dit-elle en lui tendant l'assiette où trônait la viennoiserie. Votre écart de conduite.

- Notez bien que c'est vous, lieutenant, qui m'avait autorisé cette pause dans le régime alimentaire que vous m'imposez depuis notre arrivée auboise.

- Auparavant, avec nos frimas du Doubs, j'additionnais les calories ingurgitées. Suivant la température extérieure, il nous fallait de l'énergie et nourrir la machine en conséquence. Je supputais donc. J'excusais. Maintenant, je constate et m'applique à combattre votre embonpoint en dépit de vos remarques.

- Et mon cholestérol !

- Aussi.

- Vous supplantez notre ami légiste Jefferson que je qualifierai, exceptionnellement, de médecin du vivant.

- Qui va bientôt débarquer à la maison, ne l'oublions pas. Vous feriez mieux de me remercier pour la délicate attention à votre égard. Il appuiera ma conduite envers vous, lui, au moins.

- Je n'ai pas oublié ce cher Jefferson, Duharec, mais regardez donc un peu autour de nous ! Ouvrez les yeux ! Je suis un enfant de chœur à côté d'eux. Bon Dieu ! Mais comment les Anglais, à leur soi-disant breakfast, peuvent-ils avaler du thé avec des haricots blancs à la sauce tomate accompagnés d'une saucisse cuite à la poêle et baignant dans l'huile ? Elle ruisselle de partout, cette saucisse. Que du gras, rien de maigre !

- Sans oublier le fidèle œuf à la coque ou sur le plat.

- Une variante !

- Là, je suis d'accord avec vous, chef. J'en conviens. Le mélange des saveurs est assez spécial. Ce n'est pas demain que la cuisine anglaise sera au top 50 de la gastronomie.

- Ils font tout à l'envers de notre monde, ces insulaires. Ils roulent à gauche et ils dînent à 8 h 00.

- Nos voisins de table ont l'air de s'en accommoder, pourtant.

- Sûr. Ils sont allemands. Je les ai entendus discuter hier soir lorsque nous sommes passés devant eux pour regagner nos chambres.

- J'avais omis ce détail, effectivement. Comme quoi le ventre s'adapte aux circonstances. J'aurais quand même eu du mal à le croire sans l'avoir vu. Pas vous, patron ?

- Yes, of course. Allons, hauts les cœurs, addicts à la caféine en bons français que nous sommes. Reprenons un peu de notre boisson nationale. Du patriotisme, que diable ! Un petit noir sans sucre, lieutenant ?

Mettant à profit le conseil avisé de son supérieur hiérarchique, la jeune femme se dépêcha de remplir sa tasse à ras bord avant que la cafetière ne refroidisse.

- Et pour notre dernier jour, que suggérez-vous ? demanda Dorman la bouche pleine. Shopping ?

- Pas besoin. Ma deuxième valise déborde avec les emplettes que j'ai achetées hier après-midi chez Marks and Spencer. Vous connaissez mes goûts vestimentaires, patron, à force de vivre sous le même toit. Je n'ai pas pu résister à l'étalage bariolé des vitrines. Trop alléchant pour une frenchie amoureuse de l'arc-en-ciel.

- J'avais noté ce fait en vous aidant à porter vos paquets en plus des miens.

- Remarqué qu'ici, l'hiver aura, au moins, une note estivale, pas comme chez nous. Nos stylistes feraient bien de s'en inspirer au lieu de rester accroché au gris, au marine ou au noir. La fidélité n'engendre pas l'audace. Vous parlez d'un optimisme ! De quoi alimenter le pessimisme français, je vous le dis.

- Au rayon homme, c'était plutôt le beige et l'écossais.

- Traditionnel.

- Plus classique, je dirais. Puisque nous gelons nos cartes bleues, lieutenant, si nous allions nous perdre du côté de la finance ?

- La City ?

- Une évidence, Duharec.

- Va pour les traders. Allons observer les jeunes loups qui boursicotent dans leurs beaux costumes.
- Un jeu dangereux.
- Virtuel.
- Tentation des hackers. Effondrement de l'utopie. Telle maison, tels hôtes, dixit un célèbre économiste dont ma mémoire a effacé le nom, cita Dorman.
- Une illusion s'effondrant à la moindre tempête, semblable à un château de cartes, balayé par l'ouragan monétaire. Je cerne l'idée.
- C'est cela, et en attendant des jours meilleurs, ma très chère visionnaire, si nous prenions un de leurs typiques bus anglais à deux étages au lieu du métro. Qu'en pensez-vous ?

Le commandant espérait, ainsi, diminuer le nombre de marches à monter ou à descendre du dédale souterrain underground.
- Que du bien, s'enthousiasma Duharec, et nous irons au niveau supérieur pour profiter du panorama.
- Va pour l'ascension, concéda un Dorman perclus d'arthrose, caressant un genou droit dont la douleur s'était réveillée à force d'être sollicité plus que de coutume, un mal résultant d'une activité trop sédentaire par manque d'action sur le terrain.

Y remédier absolument.
Imprégnation sportive.
Une résolution à venir.

Au regard pétillant de sa collègue, il comprit l'intériorité de sa joie.

La cohabitation a du bon malgré nos différends, se dit-il en finissant son petit-déjeuner. Derrière ses allures de garçon manqué, Morgane a bon cœur. Elle booste ma carcasse endolorie. Il ne tient qu'à moi d'inverser le processus.

Le commandant vivait sa vieillesse approchante à travers la jeunesse du lieutenant. Il buvait la vitalité qui émanait de sa personne comme un élixir de jouvence.

Il avala d'un coup les miettes du croissant qu'il venait de dévorer.

Il avait redynamisé les cellules de son corps.

Il se surprit à sourire malgré lui.

Il était prêt pour une nouvelle aventure.

9 h 00.

Elle avait enfin terminé.

Depuis qu'elle avait quitté, vers 20 h 00, le studio meublé du centre-ville de Châlons en Champagne, elle n'avait pas pu se reposer ne serait-ce qu'un quart d'heure.

Kelly Travers, âgée d'à peine 28 ans, était à bout de forces. Elle était fourbue. Les interminables va-et-vient dans le couloir l'avaient épuisée. Elle se demandait encore, en revêtant ses habits de la veille, pourquoi elle avait accepté ce boulot usant les nerfs et accaparant l'esprit.

Ne regrette rien, Kelly, se dit-elle en enfilant son jean denim indigo dans le vestiaire du personnel. Il le fallait. Être sollicitée en permanence faisait partie du contrat. J'avais besoin de ce job.

Elle attendit d'être seule pour sortir de la poche de sa blouse ce qu'elle avait délibérément volé. Dans sa main gauche, elle serra avec force le petit flacon et les trois ampoules. Elle contempla amoureusement son larcin.

Avec la cohue qu'il y a eue vers minuit, aucun responsable ne s'est aperçu de la supercherie. Le plan a fonctionné à merveille, évalua-t-elle en y réfléchissant mieux. Pour les ampoules, cela a été rapide mais casser une fiole vide, répandre un peu d'eau sur le carrelage en guise de liquide, s'emparer d'une pleine et subtiliser celle de l'autre box à l'insu de tous pour s'en servir n'était pas gagné. Pourtant, cela a été d'une facilité déconcertante. Une manipulation réussie. Score : un à zéro pour Kelly.

Elle rangea délicatement les produits dans son sac de sport jaune fluorescent et les cala dans le filet intérieur. Elle prit soin de les protéger avec des mouchoirs en papier. Elle ajouta sa tenue et ses chaussures de travail. Il fallait à tout prix amortir les chocs. Elle vérifia la dissimulation des objets et tira la fermeture à glissière.

Il ne s'agit pas de les casser maintenant. Je ne pourrais pas recommencer l'opération. Trop risqué, pensa-t-elle.

Elle se dépêcha d'attacher les lanières de ses sandales à talons plats. Elle se regarda dans le miroir fixé au mur. Elle ajusta sa tunique en soie bleu ciel et attrapa les clés de sa voiture dans son sac à main.

Masque de l'innocence. Courage, Kelly, dit-elle en se mirant. La vie est un jeu. Un coup de tampon sur la feuille de route et ce sera enfin fini, terminé, closed.

Galvanisée par ce qu'elle avait accompli quelques heures plus tôt, elle prit la direction de l'ascenseur.

Au premier étage, bureau 102, elle toqua à la porte vitrée et entra avant qu'on ne lui répondît. Surprise par tant d'insolence, la secrétaire en charge des intérimaires l'accueillit froidement.

D'allure revêche, l'employée en fin de carrière faisait comprendre à son entourage, par le timbre de sa voix, que l'idéal vers lequel elle tendait ne s'était pas réalisé durant sa vie professionnelle. Le service de la direction n'avait été qu'un mirage à ses débuts dans l'hôpital intercommunal, ayant vite été reléguée aux tâches ingrates consistant à classer des dossiers, traiter le courrier en instance d'être posté, tamponner des formulaires et s'occuper du personnel extérieur à l'établissement.

Derrière les lunettes à double foyer, l'œil perçant ne sollicitait pas la conversation ce qui arrangeait les affaires de Kelly Travers ce matin.

Dépêche-toi d'apposer ta griffe là-dessus, pensa-t-elle en lui tendant la feuille de l'agence qui l'avait embauchée.

- Est-ce que vous revenez la semaine prochaine ? demanda la secrétaire sur un ton hautain. Auquel cas, inutile que je remplisse toutes les cases.

- Non. Je suis attendue ailleurs.

- Bien sûr. Vous préférez le changement.
- Acquérir de l'expérience.
- Voici pour vous. Je garde le double. Vous timbrerez, je présume ?
- J'ai l'habitude.
- Très bien. Dans ce cas, au revoir, Mademoiselle.

Dans le couloir, Kelly Travers entendit la voix cassante du dragon en tailleur qui s'était empressée de téléphoner à son chef pour solliciter une nouvelle recrue, polie de préférence geignait-elle.

Je ne risque pas de revenir, sale toupie grincheuse, se dit Kelly en accélérant le pas. J'ai assez traîné mes guêtres ici. Il est grand temps de déguerpir de la zone.

Elle marcha à grandes enjambées jusqu'au parking du haut réservé au personnel, munie de ses deux sacs en bandoulière.

À 9 h 30, elle mit le contact.

À 9 h 35, elle stoppa devant la barrière et salua le gardien de l'entrée.

À 9 h 55, elle fit ses valises.

À 10 h 15, elle rendit les clés de l'appartement à son propriétaire comme il était convenu.

À 10 h 20, elle s'engagea sur l'autoroute, satisfaite.

À 10 h 45, elle fit une halte sur une aire pour réserver une chambre d'hôtel.

À 10 h 55, elle repartit.

Heureuse.

11 h 50.

Dorman observait le lieutenant Duharec en train de se mirer dans la façade en verre. À la regarder tournoyer, il l'imaginait défilant sur un podium vêtu d'une de ces somptueuses tenues Haute Couture qu'enviaient la plupart des femmes de la planète. Cela l'amusait de la voir si désinvolte pour une fois. Étant reconnue au sein de la brigade pour son sérieux et sa tranquillité, il la découvrait aujourd'hui, insouciante et juvénile, telle une adulte retrouvant une âme d'enfant.

Décidément, ce séjour nous procure un bien fou, pensa-t-il, réjoui. Une bouffée d'oxygène qu'il faudra réitérer dès que les batteries seront à plat pour cause de surcharge criminelle. Ne pas risquer le burn-out du policier ou le "pétage" de plombs face à des petites frappes.

Il la vit se pencher en arrière. Il calqua sa posture sur la sienne et suivit du regard le ballet des fenêtres à ouverture et fermeture automatique. Ils essayèrent, en vain, d'apercevoir la pointe du gratte-ciel. Ils durent reculer jusqu'au centre de la place afin d'apprécier les 180 m d'acier et de verre formant la structure du 30 Saint Mary Axe.

- Il porte bien son surnom de Cornichon, le building, avec sa forme aérodynamique. Vous ne trouvez pas, chef ?

- Si mais l'appellation Cornichon peut aussi nous définir de la même manière, nous autres, les clients des multinationales affectionnées par les banques du voisinage.

- Multinationales encensées aussi par les journaux que nous avons repérés dans l'autre rue.

- Le pouvoir de l'argent perdure à cet endroit précis depuis la première bourse d'échange fondée par Sir Thomas Gresham au XVIe siècle laquelle est fidèle au poste, toujours debout malgré les réformes, depuis plus de cinq cents ans. Un empire financier construit sur des ruines.

- Vous parlez du grand incendie de 1 835 qui a été immortalisé par le peintre Turner ?

- De celui-là et de l'autre aussi, le médiéval. Il détruisit une grande partie du centre historique de Londres.

- Je ne vous savais pas si érudit, chef.

- Documentation Wikipédia et Larousse. Pas de quoi pavoiser, je vous rassure. J'ai parcouru quelques pages avant de venir afin de combler mes lacunes. Je ne m'aviserais pas à étaler des connaissances qui me font défaut.

- Contrairement à vous, patron, j'ai survolé pour ne retenir que l'essentiel des quartiers à visiter et conserver intacte la fraîcheur de la découverte. À chacun sa tasse de thé.

- Nous sommes complémentaires, mon cher Watson, dans le professionnel comme dans le loisir. Faim ? questionna Dorman, souhaitant se reposer de cette marche effrénée qu'il imposait à son corps en longeant les montagnes de béton environnantes. De plus, il était en nage et assoiffé bien qu'il marchât à l'ombre.

- On regarde la carte, là-bas ?
- Pourquoi pas ? Allons-y.

Le commandant se prit au jeu de cette découverte instaurée par la jeune femme depuis leur arrivée en terre inconnue. Il allongea le pas pour suivre la cadence infligée. Il ne voulait surtout pas s'avouer vaincu par la fatigue des six jours de promenade continue. La fierté masculine l'emportait.

Ne sachant s'ils reviendraient en Grande Bretagne, le programme qu'avait planifié le lieutenant était chargé. À cette heure, une bonne partie de la liste avait déjà été rayée. Les principales activités touristiques avaient été réalisées et Dorman s'était laissé diriger dans la priorité du choix journalier. Duharec appréciait son séjour. Elle était donc aux anges mais, devant la pancarte des menus, sa joie retomba comme un soufflet sorti du four.

- Ils sont malades, ici. Vous avez vu les prix ! Deux pounds pour un expresso et trente pour un plat de spaghettis !

- Parsemés de truffes blanches coupées en lamelles, vos pâtes. Nous sommes au cœur de la City. Les papilles des hommes d'affaires s'accommodent mal du fish and chips.

- Dans quel coin se diriger, alors ? Qu'est-ce que vous proposez ?

- J'opterai pour les abords de la gare ferroviaire qui dessert le lieu. Les plats devraient être moins onéreux et nous les verrons arriver de loin, nos traders, après la clôture.

- Vous avez raison, chef. Ils n'abandonneront pas leur poste maintenant. Partons à la découverte de l'abordable.
- Je vous suis. Vous êtes notre guide. Fiez-vous à votre intuition féminine.

13 h 00.
Kelly Travers s'affala sur le lit sans prendre le soin d'enlever ses chaussures, ni d'ôter le couvre-lit. Allongée sur le dos, elle détailla le mobilier autour d'elle et constata que, décidément, quelle que soit la chaîne hôtelière, l'agencement était à quelque chose prêt identique. Une salle de bains privative avec toilettes, un bureau, un lit double, une penderie, le tout d'une impersonnalité à faire peur. Un confort minimaliste pour une vie en transit.

Toujours le strict nécessaire, rien de plus, se dit-elle. Réconfortant que le parking soit fermé la nuit. Un point non négligeable aussi, le restaurant en interne. Trop crevée pour y aller, je mangerai plus tard. Je vais dormir un peu. Je dois être d'attaque ce soir. Je dirai même que c'est primordial.

Elle attrapa la pancarte " ne pas déranger " qui se trouvait sur la table de chevet à la droite du lit, se leva et l'accrocha à la poignée extérieure de la porte.

Elle détacha ses sandales, ôta son jean et sa tunique, et se glissa sous les draps avec ses sous-vêtements.

En moins de cinq minutes, elle sombra dans un profond sommeil.

14 h 10.
Dorman et Duharec avaient réussi à trouver un fast-food dans ce quartier rupin. La richesse côtoyait le prolétaire, un mélange des genres qu'insufflait la reine, ce qui ne déplaisait pas aux deux D comme les appelaient leurs collègues de la brigade en référence aux Dupont-Dupond du dessinateur belge Hergé.

Rassasiés, ils avaient posé leurs fesses sur les marches d'un escalier proche de la Bank of England, observatoire de prédilection.

Pause digestive.

Ils n'attendirent pas très longtemps avant que leurs souhaits ne se satisfassent. Les premiers traders sortirent, fidèles à l'image que le commun des mortels puisse imaginer. Étaient bannis de la garde-robe le polo à manches courtes et le tee-shirt. Bannie, elle aussi, la chemisette. Dans leurs costumes de couleur beige ou grise, ils s'avancèrent vers eux, l'indispensable attaché-case à la main, portant haut la cravate sur une chemise à cotonnade légère. Certains échangèrent une accolade avant de se quitter, le visage irradiant la satisfaction d'avoir conclu un bénéfice juteux. Parmi cette foule, se détacha un groupe de femmes. Elles se mirent à rire soudainement, attirant vers elles le regard courroucé d'hommes mûrs offusqués.

Le commandant et le lieutenant se regardèrent, éberlués.

- Diantre ! Dire que l'économie de la planète dépend, en partie, de cette gente là, s'exclama Dorman en montrant les employés.

- Ah ! Il y en a quand même un qui se distingue. Regardez cet homme avec un sac à dos, un jean et des baskets aux pieds.

- Où ?

- Là-bas, sur la gauche, proche du kiosque à journaux. Il discute avec les autres endimanchés, désigna Duharec en pointant son index dans leur direction.

- Un préposé à la maintenance ?

- Je ne crois pas. Il leur serre la main. Ils ont l'air très familiers, vue de loin.

- Vue de très loin, alors, mais je vous laisse vos espérances, lieutenant. Nous avons assez de nos prédateurs sanguinaires, n'y ajoutons pas les pourris par l'argent.

- Je garde mes illusions. Je suis venue, j'ai vu et la suite s'écrira selon les événements mondiaux, une histoire avec un grand H.

- Des paroles réconfortantes aux oreilles de marionnettes sans fil, à savoir nous-même. Il nous suffira de ne pas tomber. Je vous reconnais bien là, à considérer le verre à moitié plein et non à moitié vide.

- Comme toujours, chef, je ne change pas outre Manche.

- Et maintenant, que suggérez-vous, optimiste pilote de notre sortie ?

- Si nous nous dirigeons vers Soho, nous nous rapprocherons de notre hôtel.

- Justement, j'ai une anecdote sur ce quartier qui fût décimé par le choléra dans la moitié du XIXe siècle.

- Laquelle ? Vous piquez ma curiosité, chef.

- Il faut se replacer dans le contexte. Les rues étaient insalubres. Le peuple marchait dans la bouse des vaches et dans les crottes des animaux de ferme qui vagabondaient.

- Beurk !

- Je ne vous le fais pas dire, mais ce n'est pas le plus croustillant. Figurez-vous que les maisons possédaient leurs fosses d'aisances sous leur plancher ce qui a eu pour conséquence, avec les années, de créer une immense nappe d'excréments humains en profondeur.

- C'est immonde.

- Attendez, Duharec, voici le meilleur. À l'époque, il n'y avait pas l'eau courante au logis. Les gens remplissaient leurs brocs à la pompe à eau commune située dans la rue principale, laquelle eau était polluée, vous vous en doutez, par ce qui se trouvait sous terre.

- La population buvait donc cette flotte. C'est dégoûtant.

- Bonne déduction, mon lieutenant. Un médecin nommé Snow observa les habitudes des gens et commença à avoir des doutes vis-à-vis d'une épidémie de choléra, maladie qui sévissait à l'époque, sans avoir de remède précis à administrer pour la vaincre. Il s'opposa au révérend en titre qui invoquait la justice divine.

- La sentence bidon.

- Exact. Un jour, désireux de mettre en pratique ses hypothèses et affirmer ses dires, il arracha la manivelle de la pompe. Il prouva qu'il avait eu raison. La contagion cessa sur le champ. Toujours partante ?

- Plutôt deux fois qu'une. Existe-t-il des vestiges ?

- Je ne crois pas mais une reproduction de ladite pompe rappelle l'épisode. Je ne me souviens plus du nom de la rue mais je présume que le Docteur Snow doit avoir une plaque commémorative. Cela devrait être facile de trouver l'endroit.

- Certainement. Il suffira d'ouvrir l'œil. Je suis impatiente de voir à quoi ressemble le quartier maintenant.

- Vous serez surprise.

- À ce point ?

- Je ne m'épancherai pas sur le sujet.

- Dans ce cas, partons de suite, annonça Duharec en se levant.

Dorman se leva à son tour.

Pour trouver la fameuse pompe, nous allons devoir nous perdre dans les chemins de traverse, croiser la luxure et le branché, s'immerger dans la babiole asiatique du Chinatown anglo-saxon, pensa le commandant en suivant sa collègue jusqu'à l'arrêt de bus. Elle ne sera pas déçue du voyage, ma colocataire, c'est certain.

19 h 00.

Elle se réveilla en criant.

Depuis plusieurs semaines, Kelly Travers dormait mal. Un cauchemar, toujours le même, empoisonnait son existence. A contrario, l'évocation malheureuse surgissait. Le désagréable rêve s'insinuait dans ses neurones et transformait sa journée en un malaise permanent. Il refaisait surface après des années de lutte pour arriver à oublier ce qui n'aurait jamais dû se produire. Les images sombres et terrifiantes se frayaient un chemin à travers sa mémoire qu'elle aurait souhaité déficiente, voire à la limite de la sénilité, à l'image de ces vieillards dont elle s'était occupée pendant la nuit et qui ne possédaient plus aucun souvenir de leur passé.

Connaître enfin l'apaisement, est-ce trop te demander, à toi, celui à qui on confie tous les maux de la terre ? dit-elle en invectivant ce Dieu absent impalpable. Elle essuya son front couvert de sueur. Où étais-tu ce jour maudit ? Ailleurs, à contempler ton œuvre pendant que les hommes s'écharpent. Rassure-toi, ce soir, ma main sera tienne. Je vais ouvrir le livre des morts et inscrire tout en haut, sur la colonne de droite, en lettres majuscules, dans celle des traîtres, celui dont on ne taira plus jamais le nom. Je remets les pendules à l'heure : transparence obligatoire.

Irritabilité perceptible.

Massage du plexus solaire.

Respiration profonde.

Maîtrise des émotions.

Le calme rassurant de la chambre enveloppa Kelly Travers, mettant une barrière entre l'extérieur et son ressenti douloureux. Elle se rasséréna, seconde après seconde.

La jeune femme s'étira langoureusement, écarta les draps et s'assit au bord du lit. Lentement, elle dégrafa son soutien-gorge et se mit debout. Elle enleva son string et se dirigea vers la douche, s'obligeant à ralentir ses gestes.

Ne pas faillir.

Doucement.

Vaincre pour ne pas être vaincu soi-même.

La tiédeur de l'eau contribuait à abaisser la tension nerveuse qui l'habitait encore. Elle appréciait d'autant plus cette eau rafraîchissante qu'elle avait éteint la climatisation avant de s'endormir. Cela avait eu pour conséquence une remontée de la température de la pièce qui avoisinait les 25° Celsius à cette heure de la soirée.

Elle sentit les gouttes bienfaisantes ruisseler le long de sa colonne vertébrale jusqu'à la raie de ses fesses. Elle termina par un shampoing et se massa le cuir chevelu.

Maintenant que je me sens mieux, dit-elle en s'essuyant, passe aux choses sérieuses ma fille. Arbore une tenue sombre pour un funeste projet et téléphone aux parents comme tous les vendredis. Surtout, ne pas déroger aux habitudes. Ces téléphones portables sont devenus le complément indispensable du mensonge éhonté. Je suis bien au bout du fil, mais où ? Grand point d'interrogation. En terres inconnues ou en enfer, allez savoir.

Elle partit d'un grand éclat de rire, preuve que la noirceur de son rêve s'était totalement dissipée. Elle tourna la tête vers l'arrière pour s'admirer dans le miroir de l'armoire. Elle trouva qu'elle avait toujours un beau cul, ce qui en ferait savourer plus d'une à l'occasion.

Toujours de bonne humeur, elle ouvrit sa valise, en extirpa une chemise en jean de couleur foncée et opta pour porter de nouveau le pantalon de la veille puisqu'il faudrait le laver ensuite. Des socquettes noires assorties aux baskets vinrent compléter l'ensemble vestimentaire.

Parfait, dit-elle en s'inspectant. Maintenant, les accessoires.

Elle attrapa les produits nichés dans le sac de sport qui se trouvait à ses pieds. Elle posa la fiole sur le bureau et décida d'emporter aussi les deux ampoules sur les trois qu'elle possédait, plus par sécurité que par nécessité. De son sac à main accroché à la chaise, elle sortit une trousse de toilette dont elle vida le contenu à côté du flacon. Elle prit ce dont elle avait besoin et mit ce nécessaire dans la trousse. Elle rangea consciencieusement les objets restants dans sa valise qu'elle verrouilla avec le système à code intégré.

Il ne lui restait plus qu'à coiffer ses cheveux mi-longs blonds cendrés qui couvraient ses épaules en deux tresses qu'elle attacherait ensemble avec une barrette afin qu'ils ne la gênassent pas dans ses mouvements.

Elle jeta un coup d'œil au radio-réveil.

19 h 45. J'ai largement le temps d'aller me restaurer en ville.

Beauté naturelle sans avoir recours à un quelconque artifice, Kelly Travers ferma la porte de sa chambre et marcha, déterminée, dans le couloir de l'hôtel avec son sac à main en cuir bleu ciel.

Elle avançait vers son destin.

20 h 00.

Devant sa pinte de bière ambrée, une Filler's titrant à 6°3, le lieutenant Morgane Duharec ne décolérait pas. Elle avait trouvé la plaisanterie du commandant inappropriée.

- Nous faire passer par les sex-shops et les bars gays de Soho au lieu de tourner à gauche pour rejoindre directement la pompe, c'était gonflé de votre part, chef.
- Il fallait bien que je vous fasse découvrir le pittoresque. Il eut été dommage de ne pas y aller.
- Tu parles d'un raccourci ! Nous avons fait tout le tour du quartier pour revenir au point de départ.
- Se perdre était indispensable pour parfaire votre éducation anglicane. C'est typiquement londonien ce que nous avons vu. La diversion n'était pas superflue, je vous assure.
- Je ne vais sûrement pas raconter ça aux collègues en rentrant.
- Et pourquoi pas ?
- Nous avons pareil à Pigalle.
- Je ne suis pas d'accord avec vous, Duharec. Ici, les mœurs sont plus libres, plus ouvertes, moins cachées.
- Parce que j'ai vu des nichons à l'air et des paires de fesses en pleine rue qui se dandinent en avançant.
- Oui, et parce que nous devions traverser ces rues de débauche, comme vous dîtes, pour atteindre les boutiques vintages, les galeries à la mode et les disquaires.

À l'évocation des devantures citées, le lieutenant Duharec se radoucit instantanément.

- C'est vrai que c'était chouette et nostalgique, l'étalage de ces vinyles désuets, ces pantalons fleuris des années 68 et toutes ces choses vendues à l'intérieur que j'ai pu apercevoir à travers les vitrines.

- Ah, quand même, à la bonne heure. Trinquons à la réconciliation.

- Aux vacances aussi.

- Si vous voulez. Je ne suis pas contrariant.

- Vous croyez que le divisionnaire consentira à nous laisser partir une autre fois, ensemble, aux mêmes dates ?

- En choisissant une période dont personne ne veut, c'est jouable.

- Tant mieux. J'ai adoré flâner avec vous, chef, d'autant que vous n'êtes pas paternaliste pour un sou, et c'est sécurisant d'être à deux le soir. Le jour décline vite, ici.

- Décalage horaire. Une heure en moins.

- J'avais remarqué, depuis notre arrivée, que la nuit s'installe avant 20 h 00. C'est tôt par rapport à nous, pour une fin d'été. Heureusement que les gens vont boire un pot après le boulot. Ils prolongent leur journée de cette manière avant de s'enfermer chez eux.

- La tradition du vendredi ou, devrais-je dire, l'institution à laquelle les autochtones ne dérogent point, répondit le commandant en jetant un coup d'œil circulaire dans le pub.

La salle bruissait. Elle murmurait. Une gaîté palpable se propageait.

Autour d'eux, installés au comptoir sur les tabourets hauts ou bien assis sur les banquettes, des hommes et des femmes de tous âges conversaient. Ils trinquaient au bonheur de vivre, à la joie d'être encore ensemble en dehors du boulot dans un contexte convivial. Ils entrechoquaient leurs verres, répandant la mousse de leurs bières sur le bois verni des tables. Des bras ondulaient par vagues montantes et descendantes, jouant les accords d'invisibles violons, évoluant en rythme avec la musique diffusée par les enceintes au-dessus du bar. L'humeur était à la détente, au lâcher prise en vue du week-end.

- Ils me deviennent sympathiques, ces flegmatiques anglais, à force de les côtoyer. Je les vois sous un angle différent, un rien extraverti, pas vous chef ?
- L'effet de l'alcool.
- Possible.
- Certain, avec la quantité bue.
- Jusqu'à 23 h 00.
- Une juste réglementation, rappela Dorman qui ne supportait pas les alcooliques à l'haleine chargée. Je reconnais que l'ambiance est chaleureuse. La joyeuseté éloigne le spectre du retour.

En disant ces mots, le visage du commandant s'était assombri, ce qui n'échappa pas au lieutenant. Craignant un sursaut du pessimisme latent de son supérieur, Duharec avala les dernières gouttes de son breuvage tout en essayant de traduire la composition des plats proposés aux clients.

- D'où sortez-vous ce minuscule Larousse ?
- De la boutique d'hier. J'en avais assez de comprendre un mot sur cinq. J'ai décidé de réapprendre la langue.
- En 24 heures ! s'étonna Dorman.
- Il faut bien commencer un jour, et mieux vaut tard que jamais, dixit le proverbe. Le souvenir est lointain mais la nécessité oblige.
- Nous partons demain matin, rétorqua le commandant de plus en plus étonné.
- Et l'Écosse avec ses manoirs et ses fantômes, ses vertes vallées, ses moutons Shetland élevés pour leur laine, et ses lacs ? Il faudra bien continuer le voyage, chef.
- Épargnez-moi, lieutenant, la froidure écossaise et redites-moi ce qu'il y a dans le Spice Coconut Salmon ?

- Du saumon épicé au piment de Cayenne, du paprika, du cumin, de la coriandre, le tout baignant dans une sauce à base de lait de coco légèrement sucré.
- Un mélange salé sucré en somme.
- On peut dire ça.
- Va pour le saumon à la noix de coco. Je vous laisse perfectionner votre anglais en passant commande. Je vais me rafraîchir.

Dorman se leva en soupirant. Il était lucide et il savait qu'elle feignait de l'être. Ils savaient très bien, tous les deux, qu'en rentrant, ils seraient avalés par l'ogresse sans même sans rendre compte, cette criminalité toujours active. Elle ne prenait pas de vacances, elle.

Triste sort d'une société en perdition, pensa-t-il en avançant vers les toilettes.

20 h 30.

Dans un autre pays et dans un autre pub, Kelly Travers buvait à petites gorgées une blonde Buxton Moor Top faiblement alcoolisée.

Elle attendait.

Elle sirotait tranquillement, seule, un œil rivé sur la porte d'entrée, dans un univers particulièrement masculin. Aucune comparaison possible avec ce qu'elle avait connu dans sa jeunesse. Même le décor sonnait faux.

Une plante chétive posée sur un guéridon accueillait les visiteurs. Elle trônait en majesté sur son frêle socle au risque d'être renversée par le passage des entrants. Son feuillage clairsemé évoquait un Ficus Benjamina qui avait dû être resplendissant chez le pépiniériste lors de son acquisition. La fumée de cigarettes avait eu le dessus sur sa splendeur. Aujourd'hui, ne subissant plus les volutes nocives, elle s'évertuait à retrouver son ancienne vigueur, pour preuve les jeunes pousses vert clair qui cherchaient désespérément la lumière derrière une vitre teintée.

Le manque de place sur les murs de l'Irish Pub, tel était son nom, criait l'évidence du constat.

Des affiches évoquant les paysages irlandais s'étalaient en un désordre volontairement établi par le propriétaire. Kelly Travers avait l'impression qu'elles avaient été fixées sur les murs au fur et à mesure de leur achat. Certains cadres se chevauchaient, à sa grande stupéfaction, prouvant ainsi un accrochage peu soigneux dont l'unique but était de masquer la peinture qui s'écaillait par endroits. Seul le bar où évoluait le barman était d'une apparence irréprochable.

Derrière le comptoir, sur des étagères en bois de couleur sombre, des bouteilles d'alcool fort rutilaient, encadrant trois vieux tonneaux en chêne légèrement inclinés dont la jeune femme n'aurait su dire, de là où elle se trouvait, s'ils avaient été placés à cet endroit pour embellir ou bien s'ils servaient encore à tirer du vin afin de satisfaire les désirs de la clientèle.

L'étrangeté de la chose l'obsédait.

Après les tonneaux et les bouteilles, il y avait un grand miroir rectangulaire d'au moins un mètre cinquante de large pour un mètre de hauteur. Le dos du barman, un homme de couleur, grand, aux biceps développés par un entraînement en salle de gymnastique, s'y reflétait à chaque fois qu'il passait devant pour aller servir les buveurs attablés sur sa gauche. Et, à côté de ce miroir, sur d'autres étagères, étaient exposées les bières de marques différentes dont la provenance était inscrite en lettres majuscules sur les étiquettes. On pouvait y lire Irlande, Angleterre, Belgique, sans oublier le local français. Les goûts des consommateurs étaient assurément comblés par la diversité du choix.

En ces temps difficiles de crise économique, Kelly Travers devinait que le gérant avait largement ouvert l'éventail de la proposition gustative, et pour donner raison à ses suppositions, la salle se remplissait gentiment.

Il y avait concert gratuit ce soir d'après la notice scotchée sur la porte, un avantage inespéré pour la réussite de son entreprise. Elle pourrait se fondre parmi les gens dans une heure ou deux. Ensuite, personne ne se soucierait de son départ. En attendant sa proie, elle s'alanguissait sur une banquette râpée en moleskine noire dans un coin faiblement éclairé de la salle. Elle observait son entourage.

Un ensemble de personnes entre trente et cinquante ans, estima Kelly Travers. Les vieux ne sortent pas, ici. Ils se terrent dans leur piaule, aux abris comme en 14.

Elle suivit la démarche du barman entre les tables.

Il est bizarre, ce mec, avec ses rastas attachés, constata-t-elle. Il brasse de l'air au lieu de s'activer efficacement.

En même temps que lui, elle vit le groupe de musiciens arriver en tenue décontractée. Forts à l'aise, ils prirent l'initiative de pousser une table et quatre chaises. Ils déballèrent leurs instruments, déplièrent leurs pupitres et sélectionnèrent leurs partitions. Ils entamèrent le premier morceau de la soirée, sans préambule, confirmant ainsi leurs habitudes au sein de l'établissement. Elle regarda sa montre. Il était 21 h 10.

Je ne devrais plus patienter très longtemps, songea-t-elle. Si le renseignement est exact, l'homme, pointilleux sur l'horaire, débarquera à 21 h 30 précise. Pas une minute de plus, pas une minute de moins. Ponctuel. Fidèle à ses origines.

Un sourire mauvais, qui disparut aussitôt, se dessina sur ses lèvres minces.

Ne pas se compromettre. Il lui fallait adopter une certaine nonchalance.

Elle décida de s'intéresser à quelque chose en ce lieu. Il fallait qu'elle se calque sur les consommateurs. Elle accorda son attention à celui qui jouait de la batterie.

Autant jeter mon dévolu sur la musique puisque je me dois de demeurer transparente, se dit-elle. Les autres ne sont venus que pour ça. Imitons-les. Les secondes qui passent me paraissent des heures. Si je considère qu'une chanson dure environ trois minutes, il m'en reste quatre avant le coup d'envoi décisif.

Kelly Travers prit une attitude désinvolte, étendant les jambes, le verre à la main, toute ouïe.
Détends-toi, ma fille, se persuada-t-elle.
Trois.
Quatre.
La porte s'ouvrit.
Coup d'œil à la montre, 21 h 30.
Pile à l'heure, constata-t-elle. Elle ne m'avait pas menti, la Carole. Une bien belle salope, soit dit en passant. Surtout, ne pas rire au flash-back mémorable du batifolage.
Il ne fallait pas qu'elle se trahisse.
Elle vit l'homme en chemisette bleu turquoise serrer chaleureusement la main du serveur. Ce dernier posa devant lui une pression.
Pas de doute, Kelly, il vient souvent ici. La preuve, il n'a même pas besoin de commander. Reste l'identification. Si la Carole a une nouvelle fois raison, il va se bourrer la gueule jusqu'à minuit. Nul besoin que je m'éternise.
La jeune femme se leva sans sourciller. Elle laissa dans la soucoupe une quantité suffisante d'euros pour payer l'addition. Elle franchit le seuil du pub et partit sans se retourner en direction de sa voiture garée au bout de la rue. Elle s'installa au volant de la petite Citroën. Elle adorait cette citadine achetée il y a trois mois. Le véhicule pouvait se faufiler partout. C'était pratique pour la conduite en ville, mais, ce soir, le handicap était la carrosserie d'un rouge flamboyant. Elle avait cédé à la tentation de la mythique couleur. De ce fait, elle avait dû stationner loin des réverbères éclairant le trottoir, au risque de perdre en visibilité son objectif. Elle inclina légèrement le dossier vers l'arrière et prit position pour la planque.
Elle se réveilla aux éclats de voix qui lui parvenaient. Elle n'aurait jamais dû s'assoupir avec la sieste de l'après-midi. Ce n'était pas dans son intention.
Merde ! 1 h 05, s'exclama-t-elle dans l'habitacle embué. Qu'est-ce qui se passe dehors ?

Elle actionna l'essuie-glace arrière et regarda dans le rétroviseur central. Elle vit le barman soutenant un homme ivre qui vociférait en gesticulant. Un taxi était stationné sur la chaussée, face au pub, feux de détresse allumés, une femme ayant ouvert la portière passagère de droite.

À l'échange verbal, Kelly Travers comprit que l'homme souhaitait regagner son domicile avec son propre véhicule et non avec celui d'un autre, malgré l'ivresse évidente. Elle regarda plus attentivement la scène et le reconnut.

Bien imbibé, le lascar, constata-t-elle de loin. Je n'ai plus qu'à les suivre sans me faire repérer. Pas facile maintenant, c'est désert. J'enclenche la première, je les laisse passer et j'y vais.

Elle mit le moteur en marche et manœuvra doucement pour se dégager de la place. Elle partit après le taxi, dans la nuit noire.

Prudence. Deux options s'offrent à moi. Soit je reste sagement au cul de la bagnole, consciente des risques que cela comporte C.Q.F.D. être repérée, soit je les devance, et si je me trompe d'adresse, je l'ai dans le baba et je devrais recommencer la surveillance. Elle a deux possibilités : la première le conduire à son cabinet et la seconde le ramener à son domicile. Réfléchis vite et bien, Kelly. Logiquement, le barman a dû indiquer la maison en priorité et la conductrice n'a pas l'air d'hésiter aux intersections. La scène a déjà dû se produire auparavant. Je vais choisir, malgré mes réticences, la première option qui m'amènera directement au but.

Kelly Travers les suivit à distance respectable jusqu'à Saint Parres aux Tertres. Elle obliqua sur la droite afin de dépasser la maison d'où repartait le taxi.

La femme a l'habitude. Elle ne s'attarde pas, se dit-elle, confiante.

Elle avança dans la rue en vérifiant, au préalable, que les lumières des habitations aux alentours fussent toutes éteintes.

Pas âme qui vive dans le quartier, contrôla-t-elle. Parfait. Dépêche-toi, Kelly.

Elle actionna la poignée en se servant de sa chemise comme d'un chiffon. La porte n'était pas fermée. Elle eut un instant d'hésitation, un de ces brefs moments qui lui signifiait qu'il était encore temps de renoncer à son acte. Elle hocha la tête en signe de négation et enfila une paire de gants en latex. Elle poussa doucement la porte et s'arrêta sur le paillasson intérieur. Elle étala sur le sol la serpillière neuve qu'elle avait mise dans le coffre et posa ses pieds dessus. Elle enveloppa ses cheveux dans une charlotte, enfila les surchaussures et plaqua un masque chirurgical sur son visage. Le matériel volé était à usage unique et jetable. Elle compléta sa tenue par un tablier polypropylène de peintre acheté en magasin de bricolage.

Elle se laissa guider dans l'obscurité par les ronflements.

Elle s'approcha à pas de loup vers l'homme étendu sur le canapé en tissu gris clair. Il dormait la bouche grande ouverte, respirant bruyamment, soufflant les relents nauséabonds d'une haleine chargée, signe d'un foie atteint déjà de cirrhose.

Elle déboutonna sa chemise et découvrit le bas de son torse.

C'était lui.

Elle sortit la seringue de son sac à main et ôta le capuchon de l'aiguille. Elle cassa une seule ampoule et remplit ladite seringue. Elle la compléta avec la quantité nécessaire prélevée dans la fiole. Elle repéra une veine saillante sur le bras gauche qu'elle immobilisa par sécurité, et piqua d'un geste maîtrisé. Du sang remonta dans le corps de la seringue. Elle poussa le liquide d'un coup, appuyant fermement sur le piston.

L'homme, à moitié endormi, ouvrit les yeux, surpris par la douleur provoquée par la piqûre.

Dans la panique de le voir s'éveiller, Kelly Travers se retourna et attrapa le premier objet à portée de main. La lourde statuette en bronze décorant la table basse du salon s'abattit sur le crâne de l'homme qui sursauta. Elle recula devant la mort qui commençait à figer les traits de sa victime.

Dans dix minutes, il s'expliquera avec Satan, pensa-t-elle. Elle en était convaincue.

Dans l'entrée, elle regarda à travers le judas. Personne à l'horizon. Elle ramassa la serpillière et sortit en ayant pris soin de garder son accoutrement et les surchaussures aux pieds. Elle se dépêcha de se dévêtir, de ranger dans son sac à main ce qu'elle avait utilisé et tassa le tout avant qu'on ne puisse la voir dans cet accoutrement bizarre.

Débarrasse-toi du matos maintenant, et, surtout, garde bien tes gants, s'ordonna-t-elle. Inutile de laisser tes empreintes à ces enfoirés de flics.

Elle déclencha l'ouverture du coffre de la Citröen. Elle détacha du rouleau emporté trois sacs-poubelles noirs. Dans le premier, elle mit la charlotte et le masque qu'elle jeta dans le container d'un immeuble à deux kilomètres de son meurtre. Dans le deuxième, elle mit les surchaussures et le tablier qu'elle balança dans un container de la ville encore plus loin. Dans le troisième, elle mit la seringue munie de son aiguille avec le capuchon et l'ampoule brisée enveloppée dans la serpillière. Elle abandonna le dernier sac dans un autre container appartenant à un centre commercial.

Il sera difficile de réunir les trois contenants. Voilà une bonne chose de faîte, se dit-elle fièrement en refermant le couvercle.

Elle remonta dans son véhicule et fit claquer le latex en enlevant, enfin, ses protections. Elle essuya ses mains moites sur ses cuisses et démarra de nouveau. Elle espérait dormir d'un sommeil de plomb maintenant qu'elle avait accompli la première phase de son plan diabolique. Les heures suivantes seraient propices aux rêves les plus doux.

Garry Whillembad était déjà mort depuis plus d'une demi-heure.

CHAPITRE II

Samedi 27 août.

8 h 50.
- Vous n'avancez pas, Duharec ! bougonna le commandant Dorman en se dépêchant, le pas aussi rapide que l'éclair affirmait-il stressé à mort. Avec les deux valises que vous traînez derrière vous, vous freinez la marche. Nous allons rater le train à cause de vos dépenses. Il est heureux que je n'ai pris qu'un seul bagage me permettant de porter votre sac de voyage. Mais quelle idée de ramener une telle quantité de fringues !
Évidemment qu'elle était beaucoup plus chargée qu'au départ, la carte bleue avait chauffé chez Mark and Spencers. Les emplettes remplissaient la deuxième valise à ras bord. Elle peinait, elle aussi, sous ses lourds fardeaux.
- Vous ne pouvez pas comprendre. Vous n'êtes pas une femme et puis, d'abord, c'était prévu. Vous étiez d'accord sur le principe de base : un bagage pour vous et trois pour moi. Le règlement de l'Eurostar stipule deux valises et un petit sac par passager.
- Logique. L'homme n'a que deux mains, répondit-il en accélérant davantage.
- Il est de notoriété publique que vous n'aimez pas être en retard mais je vous assure, chef, que j'ai prévu large pour l'horaire. Nous arriverons en avance pour les correspondances lorsque nous serons à Paris.
- Il faut toujours envisager les impondérables. On n'est jamais trop prudent.
- Je sais, dit-elle sur un ton qui se voulait rassurant. Je connais trop votre anxiété sur le sujet c'est pourquoi, selon mes calculs, nous aurons une bonne heure pour aller de la gare du nord à celle de l'est en métro. Le voyage s'est très bien passé à

l'aller. Il n'y a aucune raison pour que, maintenant, le trajet du retour se déroule mal. Admirons plutôt, sur notre passage, ces architectures victoriennes qui s'offrent à notre regard.

Le lieutenant s'enhardissait sur les typiques constructions pour le divertir. Elle tenait absolument à ce que son chef conservât le bénéfice des vacances.

- Nous n'avons pas ça chez nous. Regardez la beauté de cette bâtisse, dit-elle en indiquant le numéro 23.

- Afin d'être moins tributaire des horaires, répliqua le commandant qui n'en démordait pas, je prendrai ma voiture la prochaine fois. Ce sera moins contraignant et moins fatigant pour ma vieille carcasse.

Le lieutenant détestait quand il pestait contre son corps soi-disant usé alors qu'ils venaient de fêter, ensemble, ses 53 ans. Il ne fallait pas exagérer. Il n'incarnait pas un vieillard sénile, ni un vieux croûton.

Trop essoufflé par son accélération, Dorman s'obligea à ralentir en apercevant la maison blanche désignée avec ses fenêtres arrondies à petits carreaux, reconnaissable à sa porte vert bouteille avec son heurtoir en bronze joliment travaillé.

- Je me demande comment font les facteurs pour introduire les lettres trop épaisses à travers la fente, chef ? La largeur a l'air d'être suffisante, mais la hauteur ne me semble pas appropriée. Elle est étroite.

- Par déduction, je dirais qu'ils laissent un récépissé le leur signalant.

- Il n'y a que les Anglais pour avoir l'idée saugrenue de trouer une porte pour y glisser des lettres. Chez nous, ce ne serait pas réglementaire, du moins, je le pense.

- Là, Duharec, je n'en sais rien. Je ne suis pas un expert en services postaux. Ah, j'entrevois le toit de la gare Saint Pancras. Je ne suis pas mécontent d'être arrivé.

- Et il n'est que 9 h 07. Un quart d'heure de marche mérite une collation. Nous nous installons à nos places et je file chercher au wagon bar buffet, les cafés et les croissants. Le réconfort de votre effort matinal, patron. D'autant plus qu'il a été difficile de s'en procurer lors de notre séjour. Ce n'est pas la coutume locale.

    Le commandant Dorman esquissa un sourire en entendant sa proposition. Il appréciait les petites attentions qu'elle manifestait à son égard. Que deviendrait-il, maintenant, sans elle ? Il ne voulait surtout pas envisager cette situation. Au fil des semaines, leur promiscuité avait engendré un climat familial auquel il ne s'attendait pas. Il reconnaissait, en son for intérieur, qu'il aurait des difficultés à reprendre une vie de célibataire. Une solitude qui vous enjoignait de rentrer chez vous quand personne ne vous y attendait, qui vous suggérait de manger sur un coin de table en vitesse puisqu'il n'y avait pas de convive en face de soi, qui vous contraignait à patienter jusqu'au lendemain pour discuter des enquêtes en cours avec les collègues.

    Lui faudrait-il adopter un chat ? se demanda-t-il.

    Il lutta contre ces idées noires qui finiraient bien par gâcher la fin de leurs vacances.

    Il la regarda s'éloigner avec un air attendri.

10 h 20.

Enrobés de mousse blanche, les vêtements flottaient dans un mouvement rotatif. Une fois dans un sens, une fois dans l'autre. La saleté se diluait dans l'eau claire, effaçant la moindre souillure. Le slogan "antiredéposition" convenait parfaitement à la marque de lessive conseillait par la responsable experte en la matière : la vendeuse du rayon lessives et assouplissants.

    Pendant que la machine à laver fonctionnait, phénomène ayant commencé depuis plus d'une heure, Kelly Travers s'attardait à la cafétéria du centre commercial, un sac de courses posé à côté d'elle. Elle s'efforçait à lire, en apparence tranquille, le quotidien local mis à la disposition des consommateurs. Aux faibles tremblements de ses doigts, ses voisins de table auraient pu remarquer le trouble qui s'était emparé d'elle depuis qu'elle tournait les pages. En dépit du désagrément, elle continua sa lecture à la recherche d'une infime allusion à ce qu'elle avait commis la veille.

La colonne des faits divers retint particulièrement son attention. À son grand soulagement, il n'y était question que de cambriolages et d'accidents de la circulation, en aucun cas de meurtre, ce qui la rasséréna un peu.

Du négatif positif.

Elle respira profondément. Elle se versa une énième tasse de thé refroidi et calcula qu'il lui restait environ dix minutes avant de récupérer son linge.

Comment occuper mon temps libre cette après-midi ? réfléchit-elle en portant la tasse à ses lèvres. Je pourrais me distraire en allant voir un film, choisir une comédie au cinéma du coin qui diminuerait ma tension nerveuse. Que propose donc ce complexe aux dix salles dont j'ai lu le nom sur un panneau publicitaire ?

À la rubrique des spectacles, un synopsis lui parut plus divertissant que les autres. Convaincue par la description succincte, elle paya sa consommation et se dirigea vers la laverie automatique située sur le parking.

La machine à laver le linge avait fini son cycle de lavage.

C'est vraiment un coup de chance qu'elle soit à l'extérieur du bâtiment et non dans la galerie marchande. Pas de contact humain. Pas de questions idiotes auxquelles il faudrait répondre avec amabilité et, donc, pas de réponses à fournir, songea-t-elle. En définitive, le progrès a du bon, il facilite les desseins de l'homme en toutes circonstances.

Elle enfourna ses affaires mouillées dans le sèche-linge et partit attendre dans son véhicule. De là où elle se trouvait, elle pouvait surveiller les entrées et les sorties de l'espace réservé aux utilisateurs de la laverie. Le monde ne se bousculait pas sous l'abri mais la prudence aiguisait son intuition.

Surtout, Kelly, pas de fausse manœuvre, se jura-t-elle au volant. Ne te précipite pas dès l'arrêt du tambour sous peine d'anéantir ce que tu as minutieusement conçu depuis le début : ton invisibilité.

Elle s'était promis, depuis son départ de Châlons en Champagne, de ne pas endosser le costume du touriste lambda afin de se fondre dans la masse citoyenne. Jusqu'à présent, elle y était arrivée sans encombre.

14 h 12.

La locomotive s'ébranla avec les wagons à sa suite, emportant les deux policiers vers Troyes.

- Vous voyez, chef, nous sommes pile à l'heure au rendez-vous et le tableau d'affichage n'indique pas de perturbation sur le trafic, annonça, un brin vantard, le lieutenant Duharec. Il n'y avait pas de quoi vous angoissez à l'avance.

- Gloriole de votre part. Cela aurait pu se produire. Dans la SNCF, les surprises sont de tailles. Les agents vous pondent une grève tous les quatre matins, en particulier, les veilles de grands départs en vacances.

- Plus d'impact sur le public.

- Plus égoïste, surtout, et plus chiant. Allez donc expliquer aux vacanciers ayant réservé depuis des mois qu'il leur faudra rogner sur leur séjour, un jour si vous êtes chanceux, deux si vous avez la poisse. À croire que ces gens-là ne prennent jamais de congés, esclaves de leur service public.

- Inutile de vous emporter. Je suis d'accord avec vous et je compatis envers les voyageurs malmenés.

- D'où prendre ma voiture la prochaine fois. On en arrive toujours à cette conclusion.

- Je capitule. Nous ferons à votre guise, chef.

Le lieutenant Duharec ne désirait point contrarier son supérieur sachant que retrouver les drames de la vie l'oppressait avant la reprise. Être moins dépendant des transports en commun permettrait aussi de visiter les monuments éloignés de la capitale puisqu'ils avaient décidé de fouler à nouveau le sol anglais. Et pour conclure définitivement cet embryon de conversation, la sonnerie de son téléphone portable retentit dans la poche de son coupe-vent.

Elle décrocha aussitôt.

- Oui, j'écoute.

Dorman tourna la tête vers la fenêtre, contemplant le paysage qui défilait à grande vitesse mais visible si vous vous contentiez de fixer l'horizon. Il se voulait discret vis-à-vis de sa colocataire. Dans cet environnement restreint, ne pas entendre tenait lieu de supplice. A fortiori pour un commandant de police nationale habitué à déchiffrer les sous-entendus prononcés, et ce qu'il comprenait, ne le réjouissait guère. Il avait deviné la provenance de l'appel et son interlocuteur. Il abandonna le lieutenant à sa volubilité en fermant les yeux. Il s'enferma dans un mutisme révélateur de son appréhension du matin.

Duharec crut qu'il s'était assoupi. Elle baissa le son de sa voix.

16 h 30.

Pierre Rossi arriva avant l'ouverture de l'Irish Pub, synchrone avec son employé John O'Connors, un écossais d'origine africaine. L'homme âgé de 33 ans avait été engagé par son patron pour sa stature de rugbyman. Outre le rôle de barman, il assumait aussi celui de videur si l'occasion se présentait, étouffant dans l'œuf la naissance d'un tapage nocturne provoquée par les accros à la beuverie. La force qui se dégageait ainsi de sa personne contrastait avec son allure à la Bob Marley, tee-shirt jaune aux rayures rouge et violette, jean délavé à l'ourlet absent et élimé dans le bas à force de frotter le sol, un fin bracelet en cuir marron à son poignet gauche en guise de montre, rastas châtain clair attachés sur la nuque par un élastique rouge, tout le contraire de Pierre Rossi. Ce dernier, fidèle à ses habitudes, arborait un style mafieux. Il se pavanait dans son bar, vêtu d'un ensemble de cotonnade italien, chemise blanche et pantalon vert prairie, faisant tinter une gourmette en or jaune à son poignet droit complété par une chevalière deux ors, gravée à ses initiales PR. À son cou, s'opposant aux bijoux clinquant, pendait une chaîne en argent munie d'une simple médaille qu'il embrassait régulièrement. Celle-ci était en métal bleu clair représentant la madone. Elle lui venait de feu sa grand-mère qu'il estimait profondément.

Les deux personnages se vouaient une égale estime, l'un ayant besoin de l'autre, et vice versa.

- Alors, John, la recette d'hier soir. Combien ?
- Correct. Vous serez satisfait. J'ai mis l'argent au coffre. Je n'ai pas compté la totalité mais, à la vue des billets, je dirais dans les 3 000. Ils ont pas mal éclusé durant le concert.
- Tu avais fourni, gratos, les cacahuètes, comme je te l'avais dit ?
- Oui.
- Le salé, ça les fait boire, c'est bon pour la caisse.
- La publicité aussi. Les flyers dans les commerces aux alentours pour toucher une autre clientèle, c'était une bonne idée.
- Il faudra recommencer.
- Oui.
- Le paquet est livré ?
- Dans le coffre, lui aussi.
- Par qui ?
- Un môme. Dans les 20. Jamais vu dans le quartier.
- Tu n'as pas à connaître.
- Je ne veux pas savoir.
- Tu n'as pas à savoir.
- Alors, ne me faites pas jouer les réceptionnistes. Je n'aime pas ça, surtout quand il y a du monde. Je n'ai pas pu le planquer de suite. J'ai dû le mettre dans le frigo. Tu parles d'une cache !
- Je savais que je pouvais compter sur toi. La confiance, c'est sacré.

- Sur moi, oui, mais au comptoir, je suis rarement seul.
- Ton copain, le poulet, ce Whillembad était là ?
- D'abord, ce n'est pas un poulet, et, oui, il était présent lors de la livraison.
- Bourré, le fouineur ?
- Passé minuit, il l'est toujours.
- Une larve, ton copain, qui empoisonne la société à fouiller chez les braves gens. Un parasite humain. Une tique sur le dos d'un clébard.
- Il a des problèmes.
- Comme nous tous. Est-ce que je bois, moi ?
- Avec Manuela et votre cœur, vous ne risquez pas.
- Laisse ma femme et mon cœur tranquilles. Occupe-toi plutôt de cette plante, dit-il en attrapant le ficus. Elle a soif.

Pierre Rossi alla s'enfermer dans son bureau, renonçant à écouter O'Connors. Les conseils de son médecin l'agaçaient, ouïr ceux de son barman lui déplaisait encore plus bien qu'il sache qu'il avait raison.

Chacun à sa vie, clamait-il à son entourage, et mène sa barque à sa manière. Dans n'importe quel cas, on finit toujours par crever.

Recevoir des ordres l'insupportait. Il régnait en maître sur un trafic de bas étage et sur les gens qu'il utilisait à des fins personnelles.

Il ressortit quelques minutes plus tard, une sacoche noire sous le bras.

- Je file à la banque. À plus tard.
- À tout à l'heure, patron.

À travers la vitre verdâtre, le barman put voir son patron remonter le trottoir en direction de la Société Générale. Le pub étant situé dans un angle de la rue principale, face au parvis de l'église, O'Connors pouvait surveiller les passants et savoir, à l'avance, lequel d'entre eux franchirait le seuil, une méthode fort pratique à la nuit tombée. La silhouette ayant disparu de

son champ visuel, il s'éclipsa pour vérifier le contenu du coffre.
Vide.
Il a récupéré sa marchandise. Tant mieux, pensa-t-il. Son putain de trafic, qu'il le gère avec son neveu. Je ne veux pas y être mêlé. Pas besoin d'avoir des casseroles au cul. Quelle heure est-il ?
Il leva les yeux vers le clocher.
Il alla ouvrir la porte.

17 h 30.
- Le thème est récurrent mais je ne m'en lasse pas, déclara la jeune fille rousse qui avait pris place sur le fauteuil jouxtant celui occupée par la meurtrière avant que la séance ne commençât.
Kelly Travers connaissait par cœur ces tentatives d'approche pour avoir pratiqué celles-ci souvent : une salle quasiment vide qui n'excusait pas le fait de s'asseoir à côté d'elle, un regard soutenu de façon intense, une jambe croisée trop haut afin de découvrir la cuisse, un bras frôlé maintes fois pendant la séance. Le message était clair, reçu cinq sur cinq.
- Je t'offre un café ? questionna-t-elle au générique de fin.
Un prétexte d'une banalité, pensa Kelly Travers.
Le tutoiement d'emblée engageait à poursuivre.
- Pourquoi pas.
Kelly Travers suivit la rencontre inopinée jusqu'au troquet le plus proche. Elle n'avait pas repoussé les caresses insistantes de sa voisine durant la projection. Elle les avait même encouragées, guidant la main prometteuse de minutes exquises. À son tour, elle avait entretenu l'échange dans l'obscurité en pressant de temps à autre la toison de la rouquine. Maintenant qu'elle se trouvait en face d'elle, elle la détaillait mieux.
La fille était directe. Elle agissait promptement, sans vergogne, sûre de sa conquête. De petits seins fermes pointaient sous un débardeur transparent.

Pas de soutien-gorge, elle exhibe sa nudité. Jupe courte, talons aiguilles et chaînette autour de la cheville en guise de ralliement, c'est ringard et charmant. Une chaude lapine, déduisit Kelly Travers. La soirée sera torride.

- Tu me dévisages ? demanda la jeune fille tout en effaçant avec sa langue les traces de son rouge à lèvres vermillon sur le verre d'eau.
- Cela t'ennuie ?
- Pas du tout. J'adore plaire. On va chez toi ou chez moi ?
- Chez toi. Je préfère.
- Aucun problème, allons-y. Je te précède.

Kelly Travers marcha derrière elle. Elle s'amusa de son déhanchement exagéré.

Provocation inutile.

Kelly Travers avait juste un besoin fou de s'envoyer en l'air au bas du ventre, de se délasser, d'assouvir une pulsion hormonale, et non une envie de faire l'amour avec sentimentalisme.

Cette fille en vaut bien une autre, pensa-t-elle. Et si elle satisfait mes désirs, je réitérerai, peut-être, le plaisir du rancard.

Elle pénétra dans l'immeuble avec une seule idée en tête : jouir encore et encore.

17 h 40.

La bouilloire sifflait dans la cuisine. Le lieutenant Duharec avait sorti les mugs du vieux meuble en chêne massif de la salle à manger, et les avait placés sur un plateau. Elle avait ouvert le paquet de biscuits rapportés de Londres, des Mac Vities, des originaux, et s'apprêtait à les disposer dans l'assiette à dessert lorsque le commandant Dorman entra.

- Allez-vous enfin me confier ce qui vous chagrine, chef ? Est-ce que c'est à propos de l'appel que j'ai reçu dans le train ?
- Possible.
- Comment ça possible ? Vous ne me parlez plus depuis ce moment. Au début, j'ai cru que vous dormiez. Ensuite, j'ai

respecté votre silence. Maintenant que nous sommes rentrés, votre attitude reste inchangée. Alors ?
- J'attendais que vous vous décidiez à m'en parler.
- OK. Allons droit au but. Qu'est-ce que vous souhaitez connaître ?
- La confirmation de l'appel téléphonique.
- C'était l'agence immobilière de Pontarlier.
- Et ?
- Une touche.
- Sérieuse ?
- Un compromis de vente signé.
- Sérieux donc.
- Avec une condition suspensive : l'accord d'un prêt bancaire.
- Professions ?
- Monsieur est kinésithérapeute, Madame est professeur des écoles.
- Un libéral et une fonctionnaire, du tout cuit, pain béni pour le banquier. Aucune prise de risque. C'est dans la poche. Prise de possession ?
- Dans trois mois.
- En conclusion, un trimestre à me supporter et au revoir.
- C'est donc cette histoire qui vous tourmente autant.
- Il y a de quoi, non ?
- D'abord, primo, je n'ai pas dit que je partais. Secundo, si j'ai trouvé acquéreur pour mon deux-pièces, signe de la reprise des ventes, le vôtre, d'appartement, peut aussi être vendu dans le mois.
- Vision utopique.
- Passer le mandat à mon agent. C'est un crack dans son boulot. Il possède un réseau d'acheteurs dans la région. Je vous l'avais suggéré, d'ailleurs.
- Je n'en ai pas la force. J'ai la coupe pleine avec la bureaucratie du commissariat.
- Passez-moi le flambeau.

- Que vous me supplantiez à la brigade, je le conçois, mais que vous vous chargiez aussi de cette tâche, c'est beaucoup.

- Cela ne me rebute pas de vous aider, patron. Je lui téléphone de suite avant que vous ne changiez d'avis. Et goûtez-moi ces petits gâteaux secs.

Ils vont me rester sur l'estomac, pensa Dorman, plus contrarié que jamais.

Digestion difficile.

À suivre, se dit-il.

20 h 30.

Allongée sur le ventre en travers du lit, nuisette collée à la peau, tablette tactile entre ses coudes, Kelly Travers cherchait toujours des informations concernant son forfait sur le site du quotidien local. Ne trouvant rien dans les brèves du soir, elle en conclut que la police s'avérait impuissante devant le manque d'indices.

Je me suis transformée en tueuse à gages professionnelle, pensa-t-elle. J'ai laissé une scène de crime à la propreté exemplaire, digne d'un bloc opératoire. Pas d'empreinte, pas de cheveux, pas de larme, pas de poil. Tu as été admirable. Je dirai même sublime, comme cette après-midi dans les bras de la rouquine.

Elle se retourna et attrapa la télécommande du téléviseur. Le dos calé entre les deux oreillers, elle zappa jusqu'à ce qu'elle s'endormît vers 22 heures, les nerfs complètement relâchés.

L'hypothèse que le décès de Garry Whillembad fut inconnu des services de police ne l'avait pas effleuré ne serait-ce qu'un instant.

22 h 30.

Pierre Rossi franchit de nouveau la porte de son établissement. Il s'adressa directement à O'Connors.

- Ton copain n'est pas là ?

- Non.
- Si jamais tu le vois, dis-lui que j'ai à lui parler, à ce poulet.
- Il n'est pas flic. Je vous l'ai déjà dit.
- Flic ou détective, pour moi, c'est du pareil au même. Une ordure qui se permet d'emmerder les autres. Préviens-moi dès son arrivée.
- C'est vous le patron. Je le lui dirai.

Pierre Rossi tourna les talons et sortit en brandissant son I phone.

Il ne reçut jamais l'appel.

CHAPITRE III

Dimanche 28 août.

9 h 00.
Kelly Travers s'étirait, et pour la deuxième fois consécutive dans la semaine, état rarissime, elle était heureuse. Comme quoi le bonheur tenait à peu de chose. Pour elle, il s'édifia lentement avec la satisfaction du devoir accompli en dépit des épreuves contournées sur le chemin pour y arriver. Elle goûtait la saveur de ce sommeil ininterrompu en se délectant du bien-être emmagasiné et comptait prolonger cette douce sensation en flânant à travers la ville au cours de ce repos dominical.
Évasion temporaire dans son planning consacré aux recherches.
Elle s'inscrivit à la visite guidée des principaux monuments historiques troyens que proposait l'Office de Tourisme et se projeta dans cette sortie en parcourant le descriptif sur internet. Elle s'accorderait donc un moment de quiétude. Elle était en train de terminer la lecture des différentes propositions lorsque, d'un geste machinal, elle cliqua sur l'historique de la veille. La page Web du journal local s'afficha sur l'écran de sa tablette.
Le fait de ne rien lire sur le sujet qui te préoccupe ne reflète pas forcément la vérité, réfléchit-elle.
Elle n'arrivait pas à prononcer le mot assassinat. Son cerveau se bloquait lorsqu'elle effleurait cette théorie. Elle frissonnait à la simple évocation de l'acte, sensation désagréable qu'elle refoulait dans son inconscient.
Verrouillage médiatique à ne pas négliger. L'hypothèse reste à développer. Elle est tangible. Ce Whillembad était dans la police privée. Il nageait certainement dans les eaux troubles et aurait pu fréquenter les bas-fonds. J'en sais quelque chose.

Reste sur tes gardes, Kelly, conclut-elle. Tend l'oreille et renseigne-toi de façon anodine. D'ordinaire, en restant discrète, tu glanes souvent un mot, une phrase qui induit la suite des événements. Le hasard des rencontres t'a toujours réussi jusqu'à présent.

Méfiante, ne souhaitant pas relâcher sa vigilance en ce qui concernait la police locale, elle allierait l'utile à l'agréable par ce qu'elle nommait l'imprégnation neuronale d'un repérage minutieux. Cela consistait, non seulement à mémoriser les ruelles, les passages, les voies sans issues, mais aussi à visualiser les points de repères indispensables en cas de fuite comme les jardins, les fontaines, les enseignes des commerçants, etc.

Elle se redressa et s'assit sur le lit, jambes repliées et croisées, genoux écartés, un savant et astucieux mélange de la position du lotus et de celle du tailleur.

Se relaxer.

Respiration ventrale.

Colonne vertébrale droite.

La voix commença à vibrer en basses fréquences. Elle ferma son esprit aux pensées parasitaires. Elle chassa les fantômes démoniaques. Elle se mit à réciter un mantra de composition personnelle, orchestré par des intonations fluctuantes.

Je suis sereine.

Je suis la meilleure.

Je suis invincible.

Mise en pratique de la pensée positive.

13 h 30.

La mélodie du téléphone fixe brisait le silence mortel. À l'autre bout du fil, John O'Connors laissa passer dix sonneries avant de raccrocher.

Cette habitude d'être toujours en retard est pénible, râla-t-il dans sa loggia en tirant sur le cigarillo qu'il venait juste d'allumer. Jeunes, on en riait tous les deux, en vieillissant, cela devient inadmissible. À croire qu'il ne changera jamais. Comment être crédibles auprès des femmes si elles poireautent. Quand je pense à tout le mal que j'ai eu à les convaincre de fréquenter un détective, on va encore se payer un râteau. S'il continue sur sa lancée, " adios amigos ", je fais cavalier seul.

L'homme contrarié retourna dans sa cuisine. Il remplit ses poumons d'une large bouffée de nicotine et engagea la capsule dans le compartiment de sa Nespresso.

Je le devance. Et un ristretto, un ! dit-il à voix haute. Faible réconfort de ma résignation.

Il s'installa dans le canapé en rotin, la tasse dans une main, le cigare et son téléphone portable dans l'autre.

La loggia était petite mais suffisamment grande pour avoir pu loger le meuble colonial acheté à la salle des ventes. Le commissaire, Roger Blanchart, lui avait exhibé un certificat datant de l'époque glorieuse de l'empire britannique, mais il doutait de l'authenticité du produit. Qu'importe s'il avait été floué, soupçons refoulés depuis, s'y asseoir valait la dépense.

Il aspira de nouveau une bouffée et regarda sa montre.

14 h 00.

Trente minutes qu'il rêvassait et toujours pas de Whillembad à l'horizon. Rageur, O'Connors attrapa son portable et recomposa le numéro.

Bis repetita.

Putain ! Ce coup-ci, il exagère, marmonna-t-il sur un ton de colère retenue. J'en ai ras le bol. Je ne suis pas son ange gardien. S'il a encore bu chez lui, j'appelle les pompiers et direction la désintoxication sans passer par la case départ. Il sait que je le ferai et je ne vais pas me gêner. Il va voir ce qu'il va voir. Il fera moins le malin après.

Remonté à bloc par une décision qu'il trouvait justifiée à ses yeux, il s'empara des clés de sa voiture et quitta son deux-pièces de Saint André les Vergers.

Conduite sur la rocade à 110 km/h.

Vingt-cinq minutes entre les deux domiciles.

Peu de circulation pour un dimanche, constata-t-il en se garant devant le pavillon.

Eh merde ! s'exclama-t-il. Pas de bagnole ! Il n'a même pas songé à me prévenir de son absence. Tu vas me le payer, Garry. Et ton journal qui dépasse de la boîte aux lettres ! Bon. J'entre, je te dépose le courrier et je file en vitesse au rendez-vous des nanas. Deux femmes pour un homme seul, tu le regretteras, mon vieux. Tu baveras de jalousie quand je te raconterai mes exploits.

Il se saisit du trousseau de clés de son ami rangé dans la boîte à gants et ferma la portière.

Il extirpa le Times de la boîte aux lettres et lut les gros titres en se dirigeant vers la maison.

À chaque fois qu'il lui rendait visite, il était surpris par la ressemblance de l'habitation avec celles de son quartier où il était né. La nostalgie avait poussé son copain d'enfance Whillembad à faire construire une maison anguleuse en briques rouges, sans volets et sans clôture, avec, devant, des pavés autobloquants recouvrant le sol en guise de jardin.

O'Connors s'avança jusqu'à la porte d'entrée en tempêtant. Il engagea la clé dans la serrure.

Résistance nulle.

Quelque peu étonné, il entra. Pas le moindre bruit suspectant la présence de quelqu'un. Il avança jusqu'au salon pour y déposer le courrier sur la table basse et il découvrit son ami, allongé sur le dos, teint cireux et pantalon souillé.

Bon sang ! Il a fait un coma éthylique, gueula-t-il en se penchant sur lui.

Il le secoua avec l'énergie du désespoir, comptant le réveiller par son geste. Il était étrangement froid et raide. Il sentait mauvais. Luttant contre le dégoût qui montait en lui, il chercha son pouls au niveau du poignet. Aucune pulsation. Il pressa la carotide avec ses doigts et comprit qu'il était mort. Abasourdi, il s'effondra à ses côtés, discutant bêtement avec lui comme s'il était encore vivant.

Je suis désolé, mon pote. J'aurais dû venir plus tôt mais tu n'as pas donné signe de vie depuis ta cuite de vendredi. Il ne faut pas m'en vouloir, j'étais trop occupé. J'ai cru que tu cuvais. Putain ! Je n'allais pas me taper la rue à deux heures du matin pour savoir si tu avais récupéré ta voiture cette nuit. Tu fais chier ! Tu es pire qu'un ivrogne ! Si j'avais su que tu continuerais à boire chez toi, je serais venu avant. J'aurais pu sauver ta peau.

Il ne put retenir ses larmes et sanglota comme un enfant.

Soudain, il réalisa que quelque chose allait de travers dans ce scénario.

Où elles sont tes bouteilles ? Les verres, je m'en fous, chez toi tu bois au goulot si ça t'enchante mais elles, je ne les vois pas. Eh merde ! Tu ne te serais pas suicidé, quand même ? Ils sont où les cachetons ?

Il se leva et partit contrôler chaque pièce de la maison. Il revint bredouille auprès du corps.

Qu'est-ce que je fais, maintenant ? C'est dimanche. Les toubibs, ils sont aux abonnés absents. Les pompiers, inutile, c'est trop tard. Ta famille, elle est trop éloignée. Les voisins, pas question, tu les ignorais. Et moi, je suis dans la merde jusqu'au cou avec toi sur les bras. Si j'analyse au sens professionnel du terme, tu n'es pas vraiment un flic, mais je présume, que tu dois avoir des contacts avec tes copains policiers, et eux, ils trouveront une solution à mon problème. Tu ne peux pas rester chez toi. Tu as dû te vider les tripes, mon vieux. Qu'est-ce que tu pues !

Il retourna dans le hall d'entrée et tapa sur le combiné les deux chiffres. Il resta planté là, impuissant, à scruter au dehors la venue d'une lumière bleue. Il en oublia les deux femmes.

15 h 30.

Une voiture de la police nationale tourna lentement au coin de la rue et dépassa la maison. Manifestement, elle cherchait quelque chose ou quelqu'un. Derrière le rideau de la fenêtre, O'Connors l'observait. Il était incapable de se souvenir s'il avait indiqué le numéro de l'habitation en plus de la description. Il en déduisit que la visite était pour lui et il sortit sur le perron pour faire signe au conducteur de reculer ce qui provoqua un arrêt immédiat avec enclenchement de la marche arrière, faisant crisser les pneus sur le bitume, jusqu'à toucher le capot de sa propre voiture. Deux hommes sortirent du véhicule de fonction.

L'un, en uniforme, moins de trente ans, des cheveux blonds à la coupe militaire, se tenant bien droit, bras ballants, une pointe de fierté dans sa démarche, adoptant la cadence des pas de son coéquipier.

L'autre, en civil, plus âgé, arborant l'allure décontractée de celui qui assume la routine du service, en jean délavé et derby beige aux pieds, chemise bleu ciel et veste de couleur crème.

Bien mis, le collègue, nota-t-il. Et restreint, la patrouille, ajouta-t-il sur un ton ironique. Le minimum syndical du dimanche.

Il les laissa venir à lui. À l'image des concitoyens, la police, il s'en méfiait sauf lorsqu'il avait besoin d'elle comme aujourd'hui.

- Lieutenant Mathieu et voici le brigadier Piot. C'est vous qui aviez appelé le commissariat tantôt ?
- Tout à fait, John O'Connors. Je ne savais pas qui joindre en pareilles circonstances. Je n'ai jamais été confronté à une telle situation. Mourir comme un con sur son canapé. En temps normal, les gens meurent dans les hôpitaux, pas chez eux, non ?
- Cela dépend. Où se trouve le mort ?
- Dans le salon. Suivez-moi. Je vous préviens, ça ne sent pas la rose.

Rien qu'à l'odeur, le lieutenant Luc Mathieu détermina que le décès remontait à plus de 24 heures. Le brigadier Jean-Marc Piot, avide d'apporter sa collaboration, se pencha le premier sur le cadavre. Il se tourna vers son confrère avec un air interrogatif. Mathieu n'avait pas pu constater ce qui le surprenait tant. Il n'avait vu que son dos courbé vers Whillembad.

Le brigadier fit pivoter la tête de la victime sur le côté gauche.

- Merde ! cria O'Connors, déboussolé, en regardant de plus près.

- Reculez, ordonna Mathieu. Ne touchez à rien.

- Pourquoi ? s'enquit O'Connors, toujours abasourdi par la découverte.

- Mort suspecte. Votre ami a la marque caractéristique de celui qui a reçu un coup sur la tête.

- Il a pu tomber. Il était rond comme une bille, l'autre soir.

- On ne tombe pas dans ses coussins, croyez-moi, rétorqua le lieutenant. Piot, dérange Leblanc.

- Un dimanche, mon lieutenant. Il ne va pas aimer.

- Qu'il aime ou qu'il n'aime pas, les cadavres, c'est son boulot. Qu'il rapplique ici fissa. L'évacuation des humeurs a déjà commencé et revient avec l'appareil photo.

Il n'avait pas osé dire la puanteur du macchabée devant l'homme au teint blafard.

Investi par la délicate mission, le brigadier retourna à la voiture pour joindre le commissariat.

Pendant ce temps, le lieutenant, pressé d'en finir, avait commencé l'interrogatoire d'O'Connors en appliquant les consignes apprises dans les manuels de son futur examen. Les questions tapaient passablement sur les nerfs du barman dont le visage se colorait sous l'agacement. De quel droit cette personne mettait-elle sa parole en doute ? Cela l'horripilait.

- Je récapitule, annonça Mathieu en lisant son carnet de notes. Vous êtes barman à l'Irish Pub et connaissez intimement Monsieur Garry Whillembad.

- Intimement, c'est vite dit. Dans un bar, les gens qui s'attardent, c'est qu'ils ont le blues. Ils se confient au comptoir. Ils ont tendance à raconter leur vie.
- Au point de vous donner un double des clés ?
- Il était ivre la plupart du temps et vivait seul. C'était au cas où il ne se souvienne plus de l'endroit où il les aurait mises.
- Passons. La dernière fois que vous l'avez vu, c'était donc vendredi soir. Ayant bu plus que le taux d'alcoolémie autorisé, vous avez commandé un taxi.
- Je n'avais pas envie d'être responsable d'un accident. Imaginez les conséquences si jamais il avait tapé une bagnole ou écrasé un promeneur. J'ai suivi le procès du buraliste, alors, j'applique la loi.
- C'est tout à votre honneur. Le taxi est donc arrivé vers 1 h 00. Vous lui avez communiqué l'adresse, confié le trousseau qui se trouvait dans la poche de son pantalon et, depuis, vous ne l'aviez pas revu.
- C'est exact.
- Il me faudra le nom du chauffeur. Le trousseau ? C'est celui-ci ou le vôtre ? indiqua Mathieu en montrant les clés qui pendaient sur la porte d'entrée.
- Le sien, et pour le taxi, je fais toujours appel aux services de Madame Dilloux. Elle est une des rares à ne pas rechigner lorsqu'il faut se déplacer la nuit.
- Parfait. Nous disons donc Madame Dilloux. Lorsque vous êtes entré, vous affirmez que la porte n'était pas fermée et que vous l'avez poussée, est-ce bien ça ?
- Oui.
- Avez-vous entendu le moindre bruit ?
- Non. Je voulais juste mettre en évidence son journal et ses lettres sur la table pour qu'il les trouve en rentrant. Il aurait su que c'était moi. Je le croyais parti.
- Personne, à part vous, ne possède un trousseau ?

- C'est vrai qu'il y a aussi la femme de ménage. Je n'y pensais pas.

- Pour quelqu'un qui ne le connaît pas intimement, vous êtes bien au courant de ses affaires.

- Je vous l'ai dit. Au bout de quelques verres, les hommes parlent. Si je devais retenir tout ce qui se dit dans le pub, j'en écrirai des pages et des pages de leurs histoires à coucher dehors. On éditerait le best-seller du siècle et les gens se taperaient dessus.

- Justement, vous saviez qu'elle était sa profession ?

O'Connors se détendit face à la question posée. La conversation s'orientait maintenant vers son ami. Le policier s'intéressait moins à lui. Il sentit que la suspicion le concernant s'éloignait.

- Détective, répondit-il un peu trop vite.

Le lieutenant Mathieu le sonda de ses yeux noirs à vous glacer le sang. Au grand soulagement du barman, il détourna le regard en entendant parler dans le hall. Piot profita de cette interruption inespérée pour photographier le corps du malheureux détective sous tous les angles.

- Bonjour Leblanc, vous voilà avec votre collègue des empreintes. Avez-vous des gants ? Je suis parti sans.

À question directe, réponse directe.

- Salut, Mathieu.

Le médecin légiste préférait l'équipe des deux D et ne s'en cachait pas. Néanmoins, il lui tendit une paire récupérée dans la mallette grise dont il ne se séparait jamais. Il en profita pour fournir aussi le brigadier en station devant lui.

- Où est le client ? demanda-t-il.

Analyse succincte du petit homme chauve habillé en Hugo Boss, sa marque de vêtements préférée. Il enfila une combinaison jetable.

- Coup porté sur la tempe droite par un objet contendant. La statuette ?

- Possible. Sans protection, nous n'avons rien touché, répondit Mathieu.
- Tu veux aussi des sacs plastiques, je suppose ?

Ayant plus de trente ans de bons et loyaux services dans la brigade criminelle, Leblanc s'autorisait à tutoyer son monde, y compris les nouvelles recrues de la brigade.

- On va faire le tour de la baraque, Piot, ordonna Mathieu, vexé. On emballe le plus d'indices possibles, à commencer par la sculpture. On dégage le terrain. On reviendra après. À défaut de partager les domaines de compétences, je vais les diriger, étant moi-même le seul et unique directeur des opérations. Je prends en charge l'intégralité de l'enquête aujourd'hui. Une objection, Docteur ?

Leblanc n'envisagea pas la nécessité de lui répondre.

Ignorant O'Connors, le lieutenant commença à inventorier ce qui lui parut important autour de lui.

Les deux policiers commencèrent par la cuisine, ne voulant point gêner le travail du médecin légiste et celui de son acolyte avec ses poudres. Celle-ci étant impeccablement rangée, sans une once de saleté, ils passèrent à la pièce suivante. La salle à manger très épurée, aux teintes chaleureuses procurées par des meubles clairs, ne révéla rien de plus. En la quittant, Mathieu surprit le barman qui s'en allait en catimini.

- Attendez, Monsieur O'Connors.
- Oui, répondit-il en revenant sur ses pas.
- Je vous attends au poste demain, dans la journée, pour une déposition en bonne et due forme.
- Entendu, s'empressa de rétorquer O'Connors. Tenez, je n'en ai plus besoin.

Il donna le double des clés au lieutenant qui tiqua sur le " plus besoin " et les enferma dans un sachet.

Comme ça, tu auras mes empreintes, connard, pensa le barman en s'en allant définitivement.

Mathieu, appelé par le brigadier, retourna à la fouille. Ce dernier agitait fièrement une carte de visite.

- Regardez.
Le lieutenant lut ce qui était écrit.
- Vous avez trouvé ça où, Piot ?
- À l'étage, dans la chambre de la victime, sur un tabouret qui doit lui servir de table de chevet. Elle était posée sur une pile de bouquins.
- Ce n'est pas banal comme emplacement.
- Qu'est-ce que vous allez en faire ? demanda le brigadier, satisfait d'avoir pu se montrer efficace.
- Rien pour le moment. Inutile de l'affoler. Je verrai avec lui demain matin.
- Nous avons fini, nous autres. On rentre au bercail, lança Leblanc en passant devant eux tout en poussant le brancard.
- Nous terminons le salon derrière vous et nous filons.
- Pour le rapport, tu diras au grand manitou qu'il l'aura demain dans l'après-midi, pas avant.
Mathieu acquiesça de la tête et rejoignit son homologue pour terminer. Il se sentait l'âme d'un chef vis-à-vis de Piot qui buvait ses paroles. Il testait son ascendant sur lui. Il sut qu'il était prêt pour l'examen de capitaine.
Scellés dans un sac en toile et les rubans de balisage posés, ils durent entamer le minutieux témoignage "porte à porte".

18 h 30.
Kelly Travers n'avait pas chômé.
Elle avait docilement suivi le groupe inscrit à la visite guidée, le plan de la ville dans une main, un stylo-bille dans l'autre. À une grand-mère surprise par le fait qu'elle entourait certains numéros dudit plan, elle expliqua que c'était un moyen mnémotechnique. Elle comptait revenir apprécier, dès cette excursion urbaine finie, ce qu'elle avait biffé de très intéressant. L'ingéniosité de la jeune fille plut. L'idée ayant provoqué une émulation, chacune de ces dames se dépêcha de dénicher au fond de son sac à main de quoi écrire, ce qui la fit sourire intérieurement.

Avant de se séparer, certaines d'entre elles, ayant repéré un salon de thé sur le parcours, proposèrent de prendre une collation.

Le tea time, pensa Kelly Travers.

Elle veilla à rester fidèle à son incognito en s'inventant un personnage à la hauteur de ses ambitions passe murailles afin de satisfaire la curiosité autour de la table.

Facilité du choix.

En une fraction de secondes, elle était devenue une professeur des écoles à l'image de sa mère et discuta amplement le sujet avec une retraitée de l'enseignement secondaire, argumentant son point de vue et récusant des thèses infondées selon son discernement. Certes, les classes et les programmes étaient différents, mais les écoliers resteraient toujours des enfants, attentifs ou turbulents, parfois paresseux. La façon dont se comportait la jeune femme était un modèle d'exemplarité, sans équivoque. Elle l'innocentait aux yeux de la gent féminine présente qui la gratifiait même du titre honorable de " charmante personne ".

L'après-midi a été fort enrichissante et fructueuse, se dit-elle en cheminant vers le parking.

Kelly Travers aurait devisé plaisamment durant des heures avec sa soi-disant consœur. Éclairée par les propos tenus, la jeune fille savait maintenant où chercher et comment. Cette enseignante à la retraite lui avait rappelé à son insu l'essentiel de sa tâche.

Elle téléphonerait à ses parents en début de soirée. Il était important de conserver la routine des appels.

Elle ne se disperserait plus avant l'acte final.

CHAPITRE IV

Lundi 29 août.

8 h 30.
Le commandant Jean-Louis Dorman reprenait ses marques. Ayant débarqué à huit heures tapantes avec le lieutenant Morgane Duharec, il avait réintégré son bureau du rez-de-chaussée resté vacant pendant son absence. Il s'était attelé de suite à trier le courrier amoncelé sur la table dans l'espoir de chasser la mauvaise nouvelle du retour, l'hypothétique déménagement de sa colocataire. À travers la cloison lui parvenaient des fragments de phrases échangées entre les deux lieutenants de la criminelle. Il n'en comprenait pas la moitié, étant absorbé par son occupation matinale. Soudain, il entendit grincer la porte de communication. Duharec l'entrebâilla, indécise, ce qui était contraire à son comportement volcanique qu'elle affichait aujourd'hui, elle qui, d'habitude, était si pondérée en tant qu'officier de police. Il faut dire qu'elle était partie pleine d'entrain, impatiente de raconter son séjour mais en dépit de son excellente humeur elle hésitait à franchir la ligne de démarcation imaginaire et restait plantée là, avec un Mathieu la poussant du coude.
- Bon. Est-ce que vous y allez, Duharec ? Oui ou non ? apostropha Dorman. Et vous, Mathieu, qu'est ce que vous fichez dans son dos ?
Annoncer la nouvelle, oui, mais comment ? Le motif était délicat.
Résolution : aborder le sujet en finesse.
Duharec laissa patauger son collègue puisque c'était à lui qu'il incombait la trouvaille.

- Nous avons une mort suspecte sur les bras depuis hier, chef, avec une de vos cartes de visite sur les lieux, lança Mathieu d'une seule tirade en s'abstenant de respirer.
- Hein ? Qu'est-ce que vous me racontez ?
- Je vous signale que nous avons un nouveau meurtre sur les bras et la victime possédait vos coordonnées. Le bristol était posé en évidence dans sa chambre à coucher.
- À côté du corps ?
- Non.
- Qu'est-ce que c'est que cette histoire, Mathieu ? Je ne suis pas au courant.
- Normal. L'équipe voulait vous ménager à votre retour. Cela s'est produit il y a plus de 48 heures maintenant mais nous ne l'avons appris qu'hier vers quinze heures. J'attendais que vous ayez trié la paperasse pour vous en parler seulement mademoiselle, ici présente, dit-il sur un ton moqueur en désignant Morgane, a estimé qu'il ne fallait pas attendre une minute de plus.
- Eh bien, j'ai fini, répondit le commandant en superposant pêle-mêle les feuillets, trop content d'avoir une bonne excuse pour reporter à plus tard la corvée. En salle de réunion. Go. Go. Go.

La petite cuisine du commissariat avait été baptisée pompeusement par ce terme élogieux. Avec sa table rectangulaire d'un mètre de long et quatre-vingts centimètres de large, ses quatre tabourets, son évier minuscule, son frigo top supportant le micro-ondes et l'indispensable cafetière, il fallait une imagination débordante pour qualifier le réduit de VIP ou salle de débriefing. À partir de six occupants, on devait se serrer comme des sardines dans leur boîte de conserve.

Le lieutenant Duharec fonça tête baissée vers la pièce dans le but de préparer les cafés tandis que le lieutenant Mathieu appelait le brigadier Piot et l'invitait à la fête. Quant au commandant Dorman, il arriva muni d'un cahier à spirales neuf. Peu minutieux, il détestait les blocs-notes fournis par l'administration dont les feuilles finissaient, à la longue, par se détacher. Il avait donc rapporté d'Angleterre plusieurs imitations de ces bons vieux cahiers d'écolier dont les pages résistaient à moult manipulations. Encombrant selon l'avis de Duharec, efficace lui avait-il répondu à l'hôtel car il embrasserait d'un seul coup d'œil l'intégralité d'une enquête. Les détails ne lui échapperaient plus, consignés sur les lignes. Il gagnerait un temps précieux qu'elle lui envierait bientôt.

Il posa donc son cahier noir vintage étiqueté n° 1 sur la table, récupéra sa tasse et s'assit sur un des tabourets. Il ouvrit la première page et commença à noter le récit de Mathieu. Puis vint le tour du brigadier Piot qui acheva l'histoire concernant la carte de visite et là, ce fut le déclic. Dorman visualisa très bien la scène.

- Je sais quand et où je la lui ai donnée. C'était à la brasserie d'en face il y a environ un mois, avant mes congés. J'étais en train de déguster des pennes au basilic quand notre homme a soulevé une chaise, et, sans vergogne, il est venu s'installer d'office en face de moi. Il avait un culot monstre. Il me réclamait un soutien officiel dans une de ses enquêtes. Il soupçonnait une affaire de pédophilie impliquant des personnalités du coin. Il était dépassé par l'ampleur du supposé réseau mais il tenait à garder le client.

- Nul ne crache sur quelques billets, interrompit Mathieu.

- Je lui ai donné ma carte de visite afin qu'il puisse me contacter à mon retour, reprit Dorman. Il avait l'air déçu et ennuyé de devoir attendre, quant à moi, je n'avais pas envie de rogner sur les vacances pour lui.

- Un réseau de pédophiles, c'est long à serrer, approuva Mathieu, qui s'évertuait à caresser son patron dans le sens du poil. Il avait besoin d'une appréciation élogieuse de la part de Dorman pour son avancement.

- D'autant qu'il n'y avait que des suppositions. Rien de concret à ce stade. Que du balbutiement de détective, compléta Dorman.

- J'ai noté l'adresse de son cabinet, annonça fièrement Piot en lui tendant un post-it. Je l'ai trouvée dans le bottin.
- On ira après. Mathieu, quand est-ce que vient le barman au poste ? Je n'ai pas retenu l'heure.
- Normalement, en début d'après-midi. Il bosse ce soir.
- Vous m'accompagnerez donc tous les trois ce matin. À quatre, nous irons plus vite pour la fouille des dossiers.
- À vos ordres, patron, répondirent-ils en chœur.
- Allons-y. Ne perdons pas de temps. Hurry up.

9 h 30.
Le lieutenant Duharec s'évertuait à engager la clé qui était censée correspondre à la serrure. Elle luttait sous le regard amusé de son chef et celui interrogatif de la gardienne d'immeuble.

Conforme au cliché représentatif de la fonction, la gardienne, qui récusait le mot de concierge, trop humiliant à ses dires, s'était postée à l'avant-garde. Un corps râblé se moulait dans une blouse qu'on aurait pu croire fabriquée au siècle précédent si ce n'était qu'elle avait été achetée un lundi, jour de marché, sur la place. Des fleurs jaune orangé sur un fond bleu ciel. Une touche printanière avec une enfilade de gros boutons rouge vif. Ajouter à cela une paire de sandales plates à larges lanières qui complétait l'ensemble.

Le commandant la mangeait des yeux. Il s'extasia devant ce personnage à l'allure désuète. Elle lui évoquait sa grand-mère, dans la maison familiale paternelle du Doubs, en train de sortir un gâteau fumant du four.

Tableau de jeunesse. Comme quoi l'association visuelle est peu fiable, se dit-il.

Il se prit d'affection pour la gardienne au point de la laisser pénétrer avec eux dans le cabinet car, au bout de la troisième tentative, la serrure avait enfin cédé. Elle serait donc le simple témoin de la fouille, ce qu'elle fit en restant dans l'entrée, immobile et sérieuse. La responsabilité que Dorman lui avait incombé gratifiait son statut.

- Vous auriez été un piètre cambrioleur, chère collègue, ironisa-t-il.

- Raison pour laquelle je me suis engagée dans la police. J'y suis à mon aise, répondit-elle du tac au tac. Chez les malfrats, je n'aurais pas fait fortune, chez les flics non plus d'ailleurs., on ne fait pas fortune soit dit en passant.

- Eh ben, dîtes donc, s'exclama-t-elle en pénétrant dans le cabinet du détective. C'est impeccablement rangé, ici. Pas un papier qui traîne. Ce n'est pas comme chez nous.

- Ou alors, autre constat, il n'a pas beaucoup de clients, contra le lieutenant Mathieu.

- Pas si j'en crois cette quantité de dossiers, répondit Duharec en ouvrant une armoire coulissante dont la hauteur atteignait le plafond. J'ai devant moi au moins deux mètres linéaires de boîtes d'archives.

- Une moitié d'année sur une rangée si je lis bien les dates, continua Mathieu qui ne voulait pas renoncer à sa déduction. Ne comptons pas le reste. C'est de la poudre aux yeux pour un gogo.

Agacé par leur enfantillage, le commandant interrompit brutalement l'énervante joute orale.

- Nous allons emporter les affaires non résolues pour débuter. S'il le faut, nous reviendrons chercher la suite. Madame…

- Baudoin. Jeanne Baudoin, répéta-t-elle fièrement.

- Madame Baudoin, Monsieur Whillembad recevait-il du monde ?

La gardienne s'approcha en traînant les pieds.

- Je n'étais pas là à le surveiller, répondit-elle, outrée. Du passage, il y en a avec le docteur du quatrième et le podologue du second. Je ne regarde pas derrière mon rideau comme une concierge si vous tenez à le savoir. Je sais tenir mon rang. Dans cet immeuble, ce sont surtout des appartements à professions libérales donnant sur la rue au bloc A et des particuliers, côté jardin intérieur au bloc B, avec vue sur le jardin intérieur comme on dit et la pelouse. Moi, j'habite au bloc A et je n'ai pas de loge. Je vis dans un petit deux pièces insonorisées qui m'appartient. Les appartements sont moins chers de ce côté. Il y a le bruit de la rue, vous comprenez, mais je suis dure de la feuille alors, le bruit, je ne l'entends pas, encore moins depuis que j'ai mes nouvelles fenêtres. Je participe aussi aux réunions du syndic. Il y a des gens que cela dérange de me voir à la causerie syndicale, et je m'en fiche. J'ai le droit d'être là. Et pour votre gouverne, Monsieur le policier, le détective, il n'était pas propriétaire, lui, il louait. Il y a mon nom sur l'interphone et une plaque sur la porte avec le mot "gardienne". À ma retraite, je l'enlèverai et la remplacerai par quelque chose de jolie, à cause des trous. Les personnes malades passent devant aux heures des rendez-vous, je parle de ma porte.

- Quelle est votre fonction, alors ?
- Je garde les clés des propriétaires partis puisque je les connais tous, à cause des réunions, bien sûr.
- Bien sûr.
- Je distribue le courrier et réceptionne les colis. J'ouvre à l'entreprise de nettoyage car je ne fais pas le ménage des communs, ni les vitres. Les entreprises sont équipées pour ce genre de tâche, moi pas. J'oriente les gens qui sont perdus mais je vous l'ai déjà dit, non ?
- Pas vraiment. C'est tout ?
- J'aide parfois le jardinier quand le soleil peut réchauffer mes os.

À ces mots, le commandant caressa son genou douloureux.

L'anti-inflammatoire s'impose cette nuit, se dit-il. Souvenir de vacances. J'ai trop marché.

Pendant qu'ils conversaient tous les deux, les trois policiers avaient terminé leur tri. Ils n'avaient aligné que trois malheureuses boîtes sur le bureau.

- Pas plus ? questionna Dorman.

Le lieutenant Mathieu s'empressa de répondre avant ses collègues, rappelant ainsi à l'assemblée que l'enquête avait démarré avec lui, sous son impulsion.

- Deux pleines et une vide. Seuls le nom et l'adresse du client figurent dessus celle qui est vide.
- Ce sera vite étudié, déclara le brigadier Piot.

Mathieu le fustigea avec une réplique cinglante.

- Quand on part avec cette idée en tête, on est sûr d'omettre un détail crucial et de tomber dans un gouffre sans fond où la solution ne refait jamais surface. Énigme non résolue qui rejoint les crimes non élucidés, notre hantise à tous.
- Ça suffit, Mathieu, s'emporta Dorman. Vous avez de la chance que Madame Baudoin ait été appelée. Calmez-vous avant qu'elle ne revienne. Piot débute dans le métier. Il apprend.
- Désolé, chef, mais avoué que j'ai raison.
- Je reconnais qu'avoir un meurtre impuni, nous en avons tous au moins un dans le placard sur la carrière et il nous colle à la peau.
- Je n'aimerais pas me trimballer un truc pareil, s'angoissa Duharec, ce qui allait à l'encontre de son caractère enjoué.
- Personne le souhaite mais le fait n'est pas une légende, soupira le commandant.

Un voile de tristesse passa fugacement sur son visage. Il se souvenait du cadavre de l'enfant d'à peine cinq ans, trouvé dans les bois, après une sortie scolaire. Malgré son départ du Doubs, la fillette morte rongeait son âme, tapie dans un coin de sa mémoire, surgissant à chaque évocation. Il avait cherché des indices dans les moindres buissons, avait questionné sans relâche la famille, les proches, les voisins et n'avait pu apporter de preuves tangibles au dossier. Un fiasco qui le hantait encore après quinze ans de bons et loyaux services.

- Bon, on emballe, dit-il en se reprenant. Retour au QG. Piot, vous n'avez pas été désigné pour porter les paquets, pourquoi est-ce que vous vous en chargez ?

- Cela ne me dérange pas, patron, répondit le brigadier qui, par son dévouement, prouvait sa participation au sein de l'équipe, une manière de se faire pardonner sa bourde.

Il est bien, le petit, se dit le commandant. On a eu du pot de l'obtenir. Il faudra le pousser à passer les galons pour qu'il intègre le club, surtout si Mathieu réussit son examen de capitaine. Il nous faudra un remplaçant.

11 h 10.
Commissariat troyen.
4e bureau du rez-de-chaussée.

Quand je pense qu'il nous aura fallu deux heures pour saisir trois modestes cartons, se lamenta Duharec. Enfin, bref, dixit Pépin, l'enquête peut vraiment démarrer maintenant, à la lenteur d'un escargot, certes, mais, au moins, elle prend son envol.

Elle se saisit d'un paquet de chemises neuves à élastiques dans son tiroir. Elle survola les motifs notés sur les feuillets à l'en-tête du cabinet Whillembad que Mathieu lui avait remis avant de partir à sa visite médicale annuelle.

Soulagement mutuel.

Elle allait enfin pouvoir souffler puisque l'œil inquisiteur était occupé avec les formalités d'usage. En conséquence, elle avait une bonne heure de tranquillité devant elle. La partie de ping-pong verbale l'avait déstabilisée. Elle ne s'attendait pas à un tel accueil de la part de son coéquipier en songeant à l'altercation qui s'était produite entre le brigadier et le lieutenant. Elle haussa les épaules.

Quinze de jours de vacances sans le boss ont suffi à gonfler d'orgueil notre Mathieu national, mettant à nue son arrogance dissimulée autrefois. Avoir pris les rênes du service semble lui avoir été néfaste. Il a endossé la peau de capitaine avant d'avoir tué l'ours. Le chef va le recadrer, estima-t-elle.

Elle inscrivit sur la chemise verte Madame Manuela Rossi, sur la rouge Madame Claudine Vermillon et sur la jaune Madame Marguerite Parmentier. Morgane Duharec avait banni les teintes grises et noires.

Amusant, constata-t-elle. Que des prénoms féminins. Les femmes consulteraient-elles plus que les hommes la police privée ? Simple constatation car le macho, lui, se débrouille seul, il n'a pas besoin d'aide. À lire les statistiques, côté podium, le monde masculin est sur la première marche et si j'ajoute la délinquance, il a la palme d'or.

Elle opéra une lecture approfondie des documents récupérés. Un œil sur la pendule suffit à lui faire comprendre qu'elle pouvait s'y adonner tout son soûl jusqu'au moment où Dorman pousserait la porte de son bureau, ce qu'il fit deux heures plus tard en venant la chercher pour déjeuner ensemble

Elle s'aperçut qu'elle avait faim. Son ventre criait famine. Il était temps d'aller se restaurer. Elle commençait à y voir plus clairs dans les deux dossiers, le troisième étant désespérément vide.

14 h 40.

Les deux D venaient de battre leur record d'absence : quatre-vingt-dix longues minutes pour un repas. De quoi créer l'événement.

Ce fut le brigadier Piot qui les aperçut le premier et colporta la nouvelle. En observant les mimiques de Dorman, la brigade ne s'illusionna pas.

Si le chef s'était avancé raide comme la justice, les policiers en service auraient diagnostiqué une humeur combative ; seulement, le commandant fléchissait. C'était mauvais signe. Il marchait en étudiant ses orteils. Les collègues connaissaient le processus par cœur et refrénèrent leur indiscrétion. Élucider la mort du détective serait donc pénible à supporter. Ils devraient accepter les irritations de Dorman et il y aurait sûrement plus de bas que de hauts. Ils s'écartèrent à l'entrée non triomphale du duo, s'éclipsant tour à tour, fuyant l'orage avant qu'il n'éclatât.

Le commandant se mit en quête du lieutenant Mathieu qu'il trouva en train de faire signer la déposition à un O'Connors indisposé par les locaux, ne songeant qu'à décamper. La présentation entre les deux hommes fut rapide, ce dernier prétextant le nettoyage du pub avant l'ouverture. Il prit ses jambes à son cou à peine le stylo-bille rendu.

- Il a le feu aux fesses, celui-là, ou bien il a quelque chose à se reprocher, lança Dorman.
- Il n'était pas dans son assiette, l'excusa Mathieu.
- Cela se voit.
- Il se culpabilise d'avoir laissé seul Whillembad, de ne pas s'être inquiété plus tôt. C'est la classique sérénade du remords qui tourne en boucle dans la tête. C'est récurrent chez plus d'une personne normalement constituée ayant vécu pareille situation.
- La culpabilité d'être toujours vivant. On connaît. Une chose m'étonne, cette implication peu naturelle pour une relation de travail. Qu'est-ce que vous en pensez, Mathieu, de ce lascar ?
- Bosser quand les autres roupillent créait des liens entre les individus, vous le savez bien, patron. Elle rapproche les noctambules. Le monde de la nuit est un milieu évoluant en dehors des sentiers battus. Deux célibataires qui s'encanaillent, quoi de plus normal. O'Connors ne déroge pas à la règle, et, cerise sur le gâteau, il s'apitoie sur son pote lorsqu'il évoque leur virée.
- Ils se fréquentaient à ce point ?
- Apparemment. Ils n'hésitaient pas à draguer ensemble les dimanches.
- Vraiment très pote, alors, avec le pilier de bar, le O'Connors, selon vous. Enfin, pourquoi pas ? Il faut de tout pour que le monde essaye de tourner rond.
- Nous sommes sur la même longueur d'onde. Vous étiez venu me demander un service ?

- Non, juste vous annoncer l'arrivée imminente de Leblanc. Je passais vous prévenir. Je vais prendre mon cahier dans ma corbeille pour compléter mes notes. Pourquoi souriez-vous, Mathieu ? J'innove et vous feriez mieux d'en faire autant au lieu de ricaner. Changer ses habitudes stimule le cerveau et la matière grise, d'après les neurologues, dit-il d'une voix suffisamment forte dans le couloir. Je sens que nous allons en avoir besoin. Le vieux vous épatera encore, croyez-moi.

Sur le retour, il récupéra Duharec et ses chemises colorées.

Direction la salle VIP.

Mathieu et Piot étaient déjà sur place, le lieutenant ayant fini par intégrer dans le trio la présence de ce subalterne dévoué. Dorman se plaça au même endroit que le matin, attentif aux paroles qu'allait prononcer Duharec. La jeune femme se tenait debout, face à eux trois, leur livrant la synthèse des notes prises par le détective.

- En ce qui concerne Madame Rossi, la demande se bornait à un simple constat d'adultère afin d'appuyer une requête en divorce. Pas sûr que cela suffise. Le mari est retors selon les dires de la plaignante.

- Une maîtresse connue ? interrogea Dorman.

- Pas vraiment. Le couple vit séparé depuis quatre mois. Manuela Rossi a gardé la demeure principale. Il paraîtrait que l'époux squatte chez son neveu suivant les annotations de Whillembad. En fait, le mort s'évertuait à comptabiliser les dames que le mari rencontrait à droite, à gauche. Il papillonnait et s'est brûlé les ailes aux amours adultérins.

- À ce stade, l'adultère est remis en question, si l'abandon du domicile conjugal a été validé par le juge à la première comparution, affirma Dorman. Pourquoi s'entêter à démontrer un fait perdu d'avance ?

- Vous en arrivez à la même conclusion que Whillembad, chef, c'est pourquoi il se bornait à lister le nombre. Il misait sur la quantité de relations extraconjugales avant le jugement définitif pour infléchir le divorce en la faveur de sa cliente. Il filochait une bonne dizaine de conquêtes et chercher à remonter le temps histoire d'en épingler une pendant la durée du mariage.

- Un chaud lapin que ce coco-là. Il n'a pas dû apprécier l'intrusion dans sa vie privée. De l'argent en jeu ?
- Je n'ai rien sur ce sujet.
- À contrôler. Le fric est le nerf de la guerre dans les séparations, qu'elles soient amiables ou pas. Un bon mobile de discorde en perspective.
- Au point de tuer le gêneur. Vous le croyez vraiment, patron, s'étonna Duharec.
- Avec les années, rien ne m'étonne. Je n'y crois pas trop mais une piste reste une piste. To be or not to be. Le mari a pu commanditer l'ordre. C.Q.F.D. : il aura les mains propres devant le tribunal et son épouse légitime hésitera à engager un autre détective. C'est de l'intimidation dans la règle de l'art et adieu la pension alimentaire de la dulcinée et les deniers qui vont avec.
- OK. Je fouillerai en ce sens. J'en viens à la deuxième enquête de notre Whillembad. L'intéressé se nomme Madame Claudine Vermillon. Sa fille avait été enlevée il y a six mois.
- Quel âge, la gamine ? interrompit Dorman.
- 15 ans.
- Du lourd.
- Très lourd, appuya Mathieu en détaillant le brigadier Piot qui écarquillait les yeux en entendant les révélations. Un kidnapping est un délit grave.

Il va nous réciter les articles et les décrets, pensa Duharec. Frimer devant Piot est ringard. Son attitude dénote un manque total de psychologie. C'est nul de le rabaisser ainsi.

Elle reprit son discours, imperturbable malgré son mécontentement.

- La mère célibataire a payé la rançon. Elle a attendu que sa fille soit rétablie et s'est adressée au détective dans le but de surprendre le coupable en misant sur des dépenses excessives dans son train de vie du jour au lendemain. Elle soupçonne l'environnement familial car la petite n'a pas été maltraitée pendant la séquestration. Whillembad ratissait les infos dans ce sens. Il suivait plusieurs pistes.

- Chez les enfants, malheureusement, la famille est souvent impliquée, soupira le commandant. Les soupçons sont fondés dans trois cas sur quatre.

- C'est pourquoi j'irai interroger la mère, enchaîna Duharec avant que le moral de son mentor sombre dans la sinistrose. Une maman confie volontiers ses craintes à une autre femme. Nous parlons le même langage.

- Tu n'as pas d'enfant, protesta Mathieu avec véhémence. Quelle expérience peux-tu avoir en la matière ?

- Je n'ai peut-être pas l'expérience, comme tu dis, mais je possède la sensibilité féminine qui égale bien la maternité.

- Je suis papa d'un bambin de neuf mois. Je pourrais accompagner le lieutenant Duharec, proposa Piot.

La phrase plomba l'atmosphère. Elle calma le duel d'un coup net et tranchant. À l'évidence, les trois officiers, qui le regardaient stupéfaits, n'avaient pas envisagé la paternité chez leur collègue. En dehors de la corpulence, les cheveux blonds et les yeux gris vert de Piot donnaient un air jeunet à sa physionomie ce qui avait induit l'erreur. Il ne paraissait pas avoir la maturité requise.

- Excellente initiative, trancha Dorman. Vous irez donc avec elle sonder la mère, brigadier Piot.

Le lieutenant Mathieu se renfrogna dans son coin et grommela des mots inaudibles que personne ne souhaitait comprendre de toute façon.

- Et, pour en terminer, compléta Duharec en montrant à l'assistance la chemise jaune, Madame Marguerite Parmentier, remplie de vide. Il n'avait pas dû commencer à enquêter avant sa mort. D'ailleurs, sur son agenda, la date du rendez-vous est inscrite au jour du mercredi 24 août, deux jours avant son décès. Pas de nota bene, juste le patronyme figure à 16 h 00. Je pense...

- Salut la compagnie, apostropha Leblanc en interrompant le lieutenant en début de phrase. J'ai une bonne et une mauvaise nouvelle à votre attention.

- Dis toujours, répondit Dorman. Et bonjour à toi aussi.

- La bonne, c'est que le cadavre est pour vous. Un meurtre bien réel et le panache qui va avec. La mauvaise, c'est que je n'ai pas grand-chose à vous mettre sous la dent.

- Explique-toi, l'ami, exigea Dorman en plissant le front, signe d'une contrariété prête à éclore chez le commandant.

Le médecin légiste posa sa mallette grise dont il ne se séparait sous aucun prétexte. Il avait troqué sa tenue de combat pour une plus raffinée. Il portait cette fois-ci une chemise en soie grège sur un pantalon marron glacé en coton et lin ce qui l'avantageait, vu sa petite taille et son crâne semblable à une boule de cristal. Il prit la place que Duharec lui céda à contrecœur. Elle alla s'asseoir entre le commandant et le brigadier, sur le tabouret restait libre, tandis que Mathieu continuait à marquer sa différence en restant debout, bras croisés, adossé au mur, toisant l'assemblée.

- Je vous annonce la couleur, reprit le quinquagénaire. La trace visible sur la tempe n'est pas ce qui a tué le bonhomme. La blessure a bien été faite par l'objet contendant posé sur la table basse, à savoir la statuette en bronze et le sang coagulé dessus est bien celui de Whillembad. En revanche, même si le coup a été fort, il n'a pas entraîné la mort. Je dirais plutôt qu'il a servi à l'assommer garantissant l'acte suivant de manière à assurer les arrières. Le tueur ne se lâche pas des pieds sans se tenir des mains et préfère multiplier ses chances de réussite.

- Des traces de lutte, de défense ? demanda Dorman

- Négatif. Rien sous les ongles, pas de fibre, pas de résidu. Whillembad est mort au repos. J'ai donc procédé aux analyses habituelles. Il résulte de l'autopsie la constatation d'un gros foie avec nodules. Il n'y avait pas encore d'ictère bien que la lividité cadavérique ait pu le masquer. Je n'ai pas trouvé d'ascite dans le péritoine, quoique 48 heures après le décès, l'échange tissulaire devienne incertain. On peut donc affirmer qu'il n'avait pas vraiment décompensé. Quant à l'estomac, mis à part du liquide gastrique verdâtre, le peu de nourriture absorbée avait déjà foutu le camp, la vidange des organes internes ayant déjà commencé depuis un bon moment.

- On l'avait constaté sur place. On avait senti, déclara Mathieu en coupant la parole au légiste, signifiant à l'orateur que ce n'était pas le scoop du siècle.

- Continue, lança Dorman, ignorant la remarque qui s'ajoutait aux autres en formant un gros tas ne demandant qu'à être pulvérisé.

- Les résultats de l'analyse sanguine ont été concluants. Difficile à prélever le gars soit dit en passant car les veines étaient aussi aplaties qu'un tuyau écrasé par un rouleau compresseur. Bon, en bref, la révélation du jour est une importante dose de transaminases et de gamma GT ainsi qu'une augmentation du volume globulaire moyen dans la formule sanguine, ce qui nous confirme une cirrhose installée depuis plusieurs mois, voire même deux ou trois ans. Il devait écluser grave.

- Seulement, ôte-moi un doute de l'esprit, coupa Dorman, le problème hépatique n'est pas la cause du décès, n'est-ce pas ?

- En effet mais il aurait pu l'être avec le temps. Le bougre n'aurait pas fini vieux.

- That is the question.

- Je n'ai pas vu de cicatrice sur le corps qui aurait pu résulter de bagarres anciennes sauf que, sur le bras gauche, sous le pli du coude, il y avait un bleu, le seul que j'ai constaté. Il caractérisait une piqûre récente. J'ai donc lancé une analyse toxicologique. Elle a été, elle, déterminante.

- Et ?

- Un surdosage de Digitoxine doublé de chlorure de potassium dosé à 20 %. L'ensemble aurait fait passer l'arme à gauche à un éléphant. L'arrêt cardio-respiratoire a été quasi instan-

tané. Votre meurtrier n'a pris aucun risque. Ceinture et bretelle.
- Ces médicaments ne sont pas en vente libre. Ils imposent la délivrance d'une ordonnance médicale.
- Régie par les articles du code de la santé publique encadrant médecins et pharmaciens, en particulier l'article 21 autorisant la prescription ou la vente des remèdes appropriés, précisa Leblanc à l'attention du brigadier Piot qui buvait littéralement ses paroles. Mais vous n'êtes pas en présence d'un carnet à souches pour opiacés. Il est facile de se procurer ces médocs, là où on les consomme. Contrôler les stocks va tenir du miracle si vous arrivez à comptabiliser une différence dans les unités de soins. L'étendue sera vaste, surtout pour le chlorure de sodium.
- Potassium, Mathieu, corrigea le médecin légiste.
- Oui, bon ça va, potassium, répondit Mathieu vexé.
- Nous sommes donc en présence d'une seringue en tant qu'arme de substitution, c'est peu commun. Le milieu médical représente, quand même, un rocher sur lequel s'accrocher. C'est un début, opina de la tête le commandant.
- Avec le nombre de médicaux et paramédicaux dans la région, sans oublier les métiers annexes qui ont accès aux traitements, autant chercher une aiguille dans une botte de foin, râla Mathieu. Et il n'y a pas que les toubibs et les infirmières qui savent piquer, les junkies aussi.
- To look for a needle in a kaystack, traduisit Dorman.
- Vous vous exprimez en anglais, maintenant, ironisa Mathieu. C'est nouveau.
- Et pourquoi pas, why not ? Je concurrence Duharec et son minuscule Larousse. Il n'est jamais trop tard pour commencer, contra Dorman. La matière grise, Mathieu, souvenez-vous.
- Lorsque vous aurez fini de palabrer, reprit Leblanc, je continuerai à vous renseigner, vous quatre, si mon discours vous intéresse toujours.
- Désolé, l'ami, s'excusa Dorman. Vas-y. Nous t'écoutons.

- La suite est moins encourageante. L'équipe technique n'a pas relevé d'empreinte, ni de matériel génétique sur le corps. En revanche, nous en avons sur les meubles qui correspondent à la victime et d'autres difficiles à déterminer avec précision.

- Certainement celles d'O'Connors et de la femme de ménage.

- Et la porte d'entrée ? questionna Mathieu.

- Un mélange de fines crêtes qui se superposent et que nous retrouvons partout ailleurs dans la maison. J'ai été assez explicite sur le sujet, mes amis.

- Il nous reste les dossiers, rappela Dorman en fermant son cahier noir à spirales.

Il se leva.

- Les empreintes, nous le savons, ne sont pas un indice probant, continua-t-il en tapant sur la couverture glacée avec son stylo-bille. Elles sont révélatrices quand elles sont distinctes or, il y a souvent trop de doigts qui contaminent les lieux. Nous n'allons pas suspecter tous les visiteurs du détective. On n'en finirait pas. Il faut relativiser. Les gens ne désinfectent pas leur intérieur à la javel tous les jours d'où la superposition d'empreintes, dit-il en se tournant vers Piot.

- Il y a quand même une chose inhabituelle, annonça Leblanc.

- Quoi ? dit Dorman en se rasseyant, prêt à inscrire le moindre mot dans son cahier.

- Un impressionnant angiome au niveau du nombril.

- En quoi cette anomalie peut-elle nous aider ?

- Elle restreint le nombre de sujets par sa localisation. Généralement, la dilatation des vaisseaux sanguins est surtout visible sur les pommettes, communément appelée couperose. Je préciserai que la chemise du mort étant ouverte, le tueur a vérifié l'étrangeté. Il ne voulait pas se tromper de personne sinon pourquoi le déshabiller à moitié ?

- Si je suis ton raisonnement, annonça Dorman, nous avons un homme présentant une particularité qui pourrait être connue d'un dermatologue et nous devons aussi nous renseigner sur les preneurs et les fournisseurs de... De quel médoc nous as-tu parlé, Leblanc ?

- La digitale qui fournit les comprimés de Digoxine Nativelle ou la Digitaline en injectable. Les deux sont indiquées dans les troubles du rythme supra ventriculaire, les flutters auriculaires ou les insuffisances cardiaques, puisqu'elles sont issues de la plante toxique, la fameuse digitale.

- Un large palmarès.

- Malheureusement, oui. Avec la vie que nous menons aujourd'hui, des cardiaques, il y en a beaucoup dans la nature. On en croise à chaque coin de rue. Les gens fument, boivent, mangent mal et finissent par scléroser leurs artères. Vous parlez d'une hygiène de vie !

- Et nous, on creusera, comme à l'accoutumée. Cherchons le mobile, se résigna Dorman en se levant pour la deuxième fois. Il nous reste à interroger les clientes du détective, une priorité afin d'étoffer les pistes à suivre. Avec de la chance, nous pourrons nous limiter à elles seules. Sait-on jamais. To be or not to be.

Il radote le vieux, pensa le lieutenant Mathieu. Le voyage sur l'île lui a ramolli le cerveau. Il faut qu'il cède la place à un jeune.

- On se partage les corvées. Il est presque seize heures trente, le pub ne va pas tarder à ouvrir. Mathieu, vous allez éplucher ce soir le répertoire téléphonique du mort. Il a bien dû noter quelque part le numéro d'une personne de sa famille à prévenir en cas d'urgence. Nous devons joindre quelqu'un et envisager la levée du corps pour les obsèques. Duharec, vous allez prendre rendez-vous avec Madame Vermillon et ensuite vous aiderez Piot dans la vérification des comptes bancaires, des appels entrants et sortants, la routine familière apprise à l'école de police. Je me charge du reste. Nous nous retrouverons ici à 18 h 00 avant de filer à l'Irish Pub.

- Une aide côté médecine ? suggéra Leblanc.

- Why not ? répondit Dorman en souriant.
- Qu'est-ce qu'il a à parler anglais ? glissa Piot à l'oreille de Duharec.
- La nostalgie de la Grande Bretagne.
- Ah, bon, répondit Piot étonné par le comportement de leur patron.

Il rattrapa le lieutenant Mathieu avant qu'il ne fermât la porte de son bureau.

18 h 00.

Ils se retrouvèrent tous à l'heure dite, fidèles au poste, le regard terne excepté celui du brigadier Piot qui se réjouissait de son acceptation au sein de l'équipe par son commandant en personne. Ce fut le lieutenant Mathieu qui confia, le premier, ses résultats aux autres.

- La famille est prévenue. Originaires de la banlieue de Reading, les parents débarqueront à Calais demain vers 13 h 00, heure locale. Ils prendront contact avec Leblanc pour les formalités. Quant aux appels des lignes fixes et du portable, les numéros sont, sans aucune équivoque, relatifs aux renseignements professionnels et à son ami le barman. Évidemment, ceux des dossiers en cours reviennent souvent.
- Évidemment, approuva Dorman.
- Je serai chez Madame Vermillon à 8 h 30, annonça Duharec. Elle doit être à son agence de voyages à partir de 10 h 00. Elle aura eu le temps d'accompagner sa fille Cécile au lycée. Elle est en classe de seconde, m'a-t-elle dit. Nous aurons un peu plus d'une heure pour bavarder.
- Concertez-vous avec Piot pour le départ, conseilla Dorman. Existe-t-il des sommes au montant injustifié dans les comptes ?
- Non. La plus importante s'élève à 1 000 €. Elle correspond à un acompte noté au dossier Vermillon. Le détective fixait un barème avec des forfaits au prorata du temps passé à

enquêter. Il l'avait noté à la première page de son agenda, affirma Piot.
- Une honnête méthode, approuva Duharec. Il ne volait pas la clientèle et se référait à son calcul.
- Apparemment, il rentrait suffisamment d'argent pour payer les factures. Il n'avait pas de dettes, souligna Piot.
- Nous œuvrerons donc en ce sens : l'étude minutieuse de son environnement proche car j'ai, avec l'aide de Leblanc que j'ai congédié, eu différents responsables du milieu médical au téléphone et il s'avère que les deux médicaments sont à portée de main dans les placards. Les ampoules de chlorure de potassium sont couramment utilisées dans les perfusions. Les digitalines sont rangées dans des boîtes non fermées côté infirmerie, énonça Dorman.
- D'où ma déduction de tout à l'heure, ajouta Mathieu.
- Je m'attendais à votre réplique, Mathieu, dit Dorman en lui faisant face.

Les quatre policiers étaient restés debout, considérant que l'entrevue serait brève. Une atmosphère délétère planait au-dessus de leurs têtes.

- Vos réflexions sont à la limite de l'agressivité, Mathieu, reprocha Dorman. Vous avez bouffé du lion ou quoi ?
- C'est le stress de l'examen, chef.
- Vous le passez quand ?
- Dans un mois environ.
- Focalisez donc vos nerfs sur le tueur. Que votre trop-plein d'énergie nous serve au lieu que nous en pâtissions.
- À vos ordres, patron.
- Je veux, oui. Vous deux, rentrez chez vous. Duharec et moi, nous irons interroger les ivrognes du pub, c'est sur notre chemin.
- Ivrogne, le terme est excessif, chef. Vous n'aimez pas les alcooliques, nous le savons tous mais de là à nommer ivrogne un buveur de bière.

Le commandant pensait à Londres en disant cela, quant à Duharec, elle avait apprécié cette détente pendant les vacances, un verre de bière, deux grands maximum.

- Ça va, Duharec, j'appelle un chat un chat, ne me contredisez pas. Vous l'avez constaté vous-même. On commence par 33 centilitres et on finit avec 2 litres dans le bide. C'est pourquoi nous partons maintenant, avant que les pensées de ces alcoolos flottent au milieu des nébuleuses. Nous essayerons aussi de voir la femme du taxi. En route. Go. Go. Go.

19 h 00.

Le lieutenant Duharec eut de la compassion pour le ficus en entrant dans le pub. Elle aimait les plantes.

Trois tables étaient occupées sur les dix se partageant l'espace. O'Connors, vêtu comme le matin, en jean et tee-shirt, s'activait derrière le zinc à changer la cartouche de gaz pour les pressions. Surpris par l'arrivée des deux officiers de police, son visage se ferma. Il redoutait un nouvel interrogatoire et s'efforça à masquer son embarras. Il avait encore en mémoire la livraison du colis de samedi soir qu'il avait dissimulé dans le frigo. Il pensait au coffre-fort du boss et à son contenu pas très réglementaire.

- Nous sommes venus vous demander les coordonnées du taxi, Monsieur O'Connors. Vous vous en souvenez ? questionna Dorman.

- Parfaitement. Je ne les avais pas sur moi au commissariat.

- Voilà, répondit Dorman en exhibant son fidèle cahier n° 1, prêt à noter.

Il fit signe au lieutenant de former le numéro en même temps qu'il écrivait.

- Nous allons l'attendre ici.

- Installez-vous. Qu'est-ce que vous prendrez ?

- Deux express. Nous sommes en service.

Ils s'attablèrent à côté de deux hommes à la chevelure grisonnante parlant haut et fort.

L'un d'allure banale, en pantalon et polo marine, se nommait Will Ferry.

L'autre, en bermuda bleu foncé à rayures vert bouteille et chemise vert d'eau entrouverte, se nommait Manuel Schmitt. Il portait en guise de collier un lacet en cuir noir où pendait un médaillon avec des armoiries peintes dessus. Il avait des chaussettes en coton jaune et des mocassins à pompons noirs aux pieds.

Le commandant flaira l'originalité de la personne, en fin limier qu'il était. Il engagea la conversation.

O'Connors détourna le regard lorsqu'il posa les tasses et la soucoupe contenant l'addition, désireux de s'éclipser.

En moins de dix minutes, Dorman obtint, par la confidence du voisin de table, la confirmation de ce qu'il présumait avec Duharec : Whillembad était ivre les vendredis et les samedis sans exception. Parfois s'ajoutait un jour de la semaine de façon aléatoire. Il buvait seul au comptoir, ne parlait qu'au barman, ne fréquentait pas de fille, du moins pas à l'Irish Pub. Dorman arrêta de discuter en voyant un taxi stationner devant la porte.

Il montra sa carte à la conductrice et lui intima de se garer sur le trottoir, les warnings allumés. Madame Michèle Dilloux abaissa sa vitre et consentit à sortir de son véhicule. Elle colorait ses cheveux longs d'un roux lumineux de la racine à la pointe. Elle cachait ses rides avec une crème teintée qui luisait sous les rayons du soleil couchant.

Pathétique, pensa Duharec. Entre la jupe, le tee-shirt transparent et le maquillage, on s'apitoie plus qu'on approuve, limite pute à dix balles.

Cette dernière répondait au commandant avec un léger tortillement des hanches, battant des cils.

- Je le reconduis chaque week-end, rituel pénible qui dure depuis plus de deux ans. Lorsque je sors, je suis obligée d'interrompre ce que je suis en train de faire et je m'absente parce que j'ai pitié de lui. Les confrères en ont eu assez de le ramasser bourré au pub. J'ai pris la relève. Un sacerdoce qui équivaut à un sacrifice. Lorsqu'il s'endort sur une banquette, ce qui est rarissime, O'Connors me prévient. Il le laisse dormir pendant qu'il range et compte sa caisse. Il le ramène chez lui quand il a fermé la boutique.

- Ce vendredi, vous l'avez donc ramené.
- C'est exact. Il y avait concert gratuit et O'Connors était très occupé avec les clients. Il y a toujours du monde ces soirées-là. Il finit tard le service. Il m'a demandé de venir avant que Whillembad soit complètement ivre. Ce n'est pas correct vis-à-vis de la clientèle, une personne trop éméchée. En plus, il a le vin triste. Il brouille du noir aux oreilles compatissantes. Je l'ai embarqué dans mon taxi. Il somnolait. Il était nauséeux et j'ai cru qu'il allait vomir sur le siège. Je l'ai maintenu éveillé jusqu'à sa piaule. Je tenais à ce qu'il marche sur ses jambes et non pas en s'appuyant sur moi. À trente-quatre ans, vous vous rendez compte du gâchis.
- Et ensuite, qu'avez-vous fait ?
- J'ai ouvert la porte. Je l'ai couché sur le canapé. Je ne pousse pas le dévouement à le border dans son lit et je n'attends pas qu'il dessoûle. Je ne suis pas le bon samaritain, il ne faut pas exagérer. J'ai ma vie privée, moi aussi. Je suis partie aussitôt.
- Sans fermer à clé ?
- Bien sûr que je ne repars pas avec le trousseau. Comment il se débrouillerait le lendemain ? Je le laisse pendu à la porte comme d'habitude. C'était convenu entre nous. Il me payait la course dans la semaine qui suivait. Je passais à son cabinet entre deux clients.

Le commandant était satisfait des réponses. Il congédia Madame Dilloux.

- Le souci, Duharec, est que le manège dure depuis trop longtemps. Les voisins y sont habitués. Ils ne regardent plus à travers les fenêtres pour surprendre un éventuel rôdeur. Ils s'en moquent et n'importe qui a pu enregistrer les déplacements ponctuels, voir la femme fermer la porte sans la verrouiller, monter dans son taxi et s'en aller. Il suffisait bêtement de le surveiller. De quoi faciliter l'objectif de notre meurtrier avec leur routine à ce trio de bras cassés. Pas très futé, l'arrangement.

- Le tueur aurait alors eu connaissance des faits et gestes de Whillembad. Nous allons chercher dans les relations proches.
- Le hasard n'existe pas. Il oriente. Savoir c'est pouvoir. Knowledge is power. Rentrons dîner.

23 h 30.

Le film avait été d'une mièvrerie incroyable, laissant libre cours à une imagination débordante qui s'incruste dans un esprit à la dérive. Le générique de fin défilait sur l'écran plat.

Kelly Travers s'étira. Elle regonfla les oreillers, attrapa la télécommande et éteignit le téléviseur. La journée avait passé entre deux pauses repas et le zapping des chaînes câblées, enfermée dans la chambre de l'hôtel.

Un lundi de détente pour se recentrer sur l'essentiel.

Demain, elle se lèverait tôt et bouclerait ses bagages.

Indispensable de changer d'air.

Elle ferma les paupières, convaincue d'avoir pris la bonne décision.

CHAPITRE V

Mardi 30 août.

8 h 00.
Commissariat troyen.
Rassemblement de la brigade criminelle.
Le lieutenant Morgane Duharec et le brigadier Jean-Marc Piot connaissaient leur feuille de route. Ils ouvrirent le bal en quittant le bâtiment dès qu'ils se rencontrèrent.

À 8 h 30, les deux officiers de la police nationale se tenaient devant le pavillon à l'architecture futuriste de Madame Claudine Vermillon.

Clos de murs, l'endroit était paisible, à l'abri du tumulte extérieur et des vicissitudes. La spacieuse maison était implantée sur un demi-hectare de pelouse couleur vert prairie. L'herbe, récemment tondue, était entretenue par l'arrosage automatique qui répandait ses gouttelettes d'eau grâce à un jet rotatif. Elles apportaient une appréciable touche de fraîcheur en cette fin d'été caniculaire. Un saule pleureur étendait ses branches au-dessus d'une mare où nageait un couple de colvert en compagnie d'un cygne. De plain-pied, la bâtisse n'en paraissait que plus longue et plus large. Les baies vitrées s'ouvraient sur une terrasse en granite où patientait la maîtresse de maison. Elle serrait dans sa main droite le bip d'ouverture du portail électrique. Ne la voyant point bouger, Duharec et Piot s'avancèrent vers elle en empruntant l'allée gravillonnée éclairée par des tubes solaires. En la saluant, le lieutenant perçut la nervosité qui agitait Madame Vermillon. Le petit boîtier tournait entre ses doigts comme une toupie. Elle ne semblait pas pouvoir arrêter le geste incontrôlable. Elle leur intima de la suivre.

Le brigadier Piot en profita pour la regarder avec précision et se promit de la décrire dans les moindres détails au commandant qui lui avait accordé sa confiance.

Mémorisation du personnage.

Cheveux noirs, un chignon tenu par une barrette sur une nuque gracile, boucles d'oreilles en or jaune valorisant une grosse perle de culture, lunettes rondes à monture rouge, yeux verts, robe à imprimés coquelicot, ballerines blanches.

Allure mince, la trentaine.

- Je vous en prie, asseyez-vous, déclara Claudine Vermillon.

Les deux policiers prirent place côte à côte, chacun dans un des nombreux fauteuils en cuir noir du salon. Ils étaient disposés en cercle autour d'une cheminée centrale en inox brossé. La pièce était vaste, mesurant dans les 50 m2. La blancheur des murs nus agrandissait encore l'espace. Deux tables de forme octogonale positionnées de part et d'autre du canapé complétaient le décor minimaliste. Sur l'une d'elles, un Bouddha en cristal apportait une touche de sérénité, invitant à la méditation. Le mot n'était malheureusement pas approprié à la situation.

Méditer devait appartenir aux temps anciens. Les traits tirés de Madame Claudine Vermillon et la pâleur de son visage reflétaient les nuits blanches peuplées de tourments. Le traumatisme de l'enlèvement était toujours perceptible dans sa voix. Les premières phrases qu'elle prononça à leur encontre trahirent son émotivité à fleur de peau où la peine et la colère s'inscrivaient dans une dichotomie des sentiments. Il y avait dans son comportement un avant et un après.

- Je n'arrive toujours pas à croire que cela ait pu se produire. Pourquoi ma fille ?

Le lieutenant Duharec laissa le brigadier Piot diriger l'entretien. D'un commun accord, elle se tenait en retrait de la conversation. Elle n'intercéderait que pour appuyer les propos de son collègue ou le sortir d'une impasse. Elle devina que la mère espérait, sans y croire vraiment, entendre une explication rationnelle face à l'incompréhension du délit.

- Les enfants sont un des moyens de pression qu'utilisent les kidnappeurs, commenta Piot. Ils agissent sur le point faible de l'individu. Chez vous, ce fut votre fille, chez quelqu'un d'autre, cela aurait pu être un parent éloigné, un animal, un objet de valeur, n'importe quoi représentant un intérêt émotionnel pour la cible à atteindre.

- J'ai beaucoup réfléchi, depuis l'enlèvement, à la motivation d'un tel acte. Je ne peux envisager que ce soit une vengeance personnelle.

- Décrivez nous ce que vous a raconté votre fille ? questionna Duharec afin de recentrer le dialogue.

- Cela s'est déroulé un mercredi vers 18 h 00. Cécile avait fini sa leçon de piano au conservatoire. Elle rentrait à la maison en scooter. Elle venait de quitter la grande avenue lorsqu'une camionnette blanche l'a percutée en la doublant au niveau du pont, celui qui se situe en prenant le raccourci avant d'arriver à la maison, le seul endroit vulnérable du trajet, à visibilité réduite et peu emprunté par les riverains à cause de son étroitesse. Le véhicule l'a juste heurtée pour la faire tomber. Le conducteur a pris soin de ne pas la blesser, ni d'endommager le scooter. Un homme cagoulé lui a mis un sac opaque sur le casque et l'a aidée à se relever. Elle était sonnée. Elle n'a pas réagi. Elle s'est retrouvée embarquée dans la camionnette avec le scoot, les pieds et les mains attachées avec du scotch d'emballage. Les kidnappeurs devaient être deux, mais elle n'en est pas certaine, peut-être trois. Ils l'ont enfermée dans un grenier sans ouverture. Il y avait un poêle à pétrole pour réchauffer l'atmosphère et un matelas par terre. Elle ne pouvait pas sortir. Elle pense que c'était un homme qui lui a apporté le repas, d'après sa physionomie et la taille de ses chaussures. Selon elle, il avait de grands pieds. Il l'a aidé à manger et l'a emmené aux toilettes. Il portait toujours sa cagoule et ne parlait pas.

- Des violences, des menaces ? demanda Piot.
- Aucunement.
- Comment vous ont-ils contacté ?
- Par un mot dans la boîte aux lettres, ici. Je l'ai découvert en triant le courrier en rentrant de l'agence. Il disait que ma fille venait d'être enlevée et indiquait le montant de la rançon.
- Beaucoup ?
- Dérisoire. Cinq mille euros. J'ai payé de suite.
- Comment ?
- En espèces. Je suis repartie aussitôt. Je ne voulais pas traîner dans la maison et laisser ma fille entre les mains de ces voyous. Je possède un coffre dans l'arrière-boutique. Une partie de la somme provient du paiement en liquide des clients de l'agence et une autre du distribanque.
- Vous n'avez pas informé la police ?
- J'ai pensé d'abord à Cécile. J'avais l'argent. J'ai suivi les consignes.
- Quelles étaient-elles ?
- Une enveloppe kraft, format 16 x 23, à jeter dans la poubelle jaune de l'agence pour la levée du jeudi matin. Ils s'étaient renseignés auparavant sur la tournée des éboueurs, je suppose.
- Ensuite, qu'avez-vous fait ?
- J'ai attendu un moment pour observer si quelqu'un s'en emparerait puis je me suis dit que je risquais d'être vue. Je mettais la vie de ma fille en jeu. C'était dangereux et idiot venant de moi. Il valait mieux que je regagne mon domicile au cas où je recevrai d'autres instructions dans la boîte aux lettres.
- Bien sûr, s'apitoya Piot.
- Je me suis précipitée sur le courrier en arrivant. Il n'y avait rien. J'avais très peur. J'avais la gorge nouée. Je comptais les secondes. J'échafaudais moult scénarios et j'ai fini par m'endormir sur le canapé sans avoir rien avalé. Je n'avais pas le cœur à dîner. En revanche, dans la nuit, j'ai été

réveillée par le bruit caractéristique du moteur du scoot de Cécile. Il l'avait libérée.
- Quelle heure était-il, à peu près ?
- 1 h 22. J'ai regardé la pendule du salon.
- Et votre fille, comment a-t-elle réagi ?
- Tremblante et soulagée à la fois. Elle a été kidnappée moins de 24 heures et pourtant les séquelles de cet épisode seront longues à effacer a confirmé notre médecin. Que pouvais-je faire d'autre ?
- Nous avertir, dit Duharec, sèchement.
- Et perdre un temps précieux en palabres, non merci, sans façon.
- Pourquoi avoir changé d'avis a posteriori ? Pourquoi avoir contacté le détective dans ce cas ? ajouta Duharec mécontente.

Cécile Vermillon se tourna vers le lieutenant et la fixa avec un visage excédé par ces réflexions.
- Nous en avons longuement discuté, ma fille et moi. Nous avons eu peur que la scène se reproduise. J'ai certainement payé la rançon trop vite pour récupérer Cécile. Je voulais que cette histoire soit écourtée le plus rapidement possible. Est-ce mal ? Je ne le pense pas.
- C'est compréhensible, approuva Piot. Votre réaction est celle qui vient d'abord à l'esprit d'une mère. Sauver son enfant, la chair de sa chair.
- Exactement, mais, après, en étayant le scénario vécu, nous avons réalisé que ce serait un moyen facile pour les malfaiteurs de recommencer. Nous voulions connaître leurs noms, les débusquer, qu'ils sachent que nous savions qui ils étaient et que nous les aurions surveillés jour et nuit. Enfin, c'était l'idée. Il restait à la concrétiser par l'intermédiaire de Monsieur Whillembad.
- Le mot de la rançon, est-ce que vous l'avez encore ?
- Non. Sur l'instant, de rage, je l'ai déchiré en mille morceaux. J'étais tellement en colère. J'étais hors de moi.

- Ce qui est fait, est fait, trancha Duharec qui sentit un brigadier compatissant à l'extrême. Votre fille a-t-elle perçu ou senti quelque chose là où elle a été séquestrée ?
 - Une subtile odeur de fumier m'a-t-elle dit.
 - C'est vague. Elle pouvait être proche d'une ferme ou de champs. Quoi d'autre ? Des soupçons ? questionna Duharec.
 - Une flopée. En premier, l'homme cagoulé a abandonné Cécile sur le trottoir de l'agence ce qui semble affirmer que l'individu en question ne voulait pas la maltraiter, et son cyclomoteur s'y trouvait déjà ce qui confirme l'hypothèse de deux personnes minimum. Si je comprends son intention, il souhaitait aussi qu'elle retrouve son chemin en pleine nuit. En second, l'homme évitait d'ouvrir la bouche. Il devait avoir peur que Cécile reconnaisse sa voix sinon, pourquoi se taire ? À votre avis ?
 - Je suis d'accord avec vous. Vous avez dû lister des noms pour Monsieur Whillembad ? demanda Piot d'une voix douce.
 - En effet. Les envieux de la belle famille. Je suis divorcée depuis deux ans d'un mari qui fréquentait trop les champs de course. Huit années conflictuelles. Le compte bancaire d'un époux en permanence dans le rouge que je devais renflouer un mois sur l'autre use les sentiments à la longue. Il continue certainement sa vie de parieur. Si vous cherchez dans les paddocks de Vincennes ou de Chantilly, vous le trouverez sûrement. Il n'est jamais très loin du crottin.
 - Les coordonnées de Monsieur Vermillon ?

Duharec ne s'embarrassait pas avec les formules de politesse. Elle usait de phrases courtes et pertinentes.
 - Oh, non. Il y a une méprise. J'ai dû mal m'exprimer. Il n'est pas le père de Cécile. J'ai eu ma fille durant mes études de lettres. J'étais jeune, lui aussi. 19 ans chacun. Fils de notaire, il a préféré la fac de droit parisienne au devoir parental. J'ai élevé ma fille avec l'aide de mes parents après sa naissance. Par la suite, j'ai rencontré mon mari, Monsieur Charles de la Mitonière. J'avais 24 ans.

- Le nom du père ?
- Thierry Fornarey. Je ne sais pas où il demeure. C'est mieux ainsi. Il n'a jamais pris contact avec moi. La grossesse était mon problème, pas le sien.
- D'autres personnes suspectes dans votre entourage ?
- L'ex belle-sœur, Rose Marie de la Mitonière, qui ne travaille pas et dont l'époux, Alain Dutour exerce le métier d'agent immobilier indépendant. Les rentrées d'argent baissaient à l'époque de nos fréquentations, les ventes se raréfiaient. Cela n'a pas dû s'arranger depuis avec la crise financière.

Le lieutenant Duharec nota les adresses et prit congé en se levant, débarrassant ainsi une Madame Claudine Vermillon de sa présence. Le brigadier Piot l'imita en quittant, à regret, le confortable fauteuil.

- Cinquante minutes pour l'obtention de quatre noms, annonça Duharec au volant. L'entourage familial, un schéma coutumier.
- Le chef l'avait prédit. Chez les délits d'enfants, la famille est souvent impliquée.
- Malheureusement, oui.

Ils roulèrent jusqu'au poste en silence.

9 h 00.

Madame Marguerite Parmentier accueillit froidement le commandant Dorman et le lieutenant Mathieu, insatisfaite de n'avoir pas été prise en considération alors qu'elle avait répondu aimablement à l'appel téléphonique de ce dernier. Mathieu dévisagea, durant quelques minutes, sur le pas de la porte, la grand-mère qui occupait l'hébergement individuel de la résidence médicalisée conçue pour les seniors, offrant à ceux-ci une infirmière logeant sur place, un espace convivial pour les repas facultatifs, une bibliothèque aux rayonnages remplis de livres classés par ordre alphabétique et une salle de gymnastique douce avec kinésithérapie.

Madame Parmentier portait un pull blanc à manches courtes ajourées, une jupe droite grise, des bas noirs et de grossières sandales. Avec son visage flétri et une chevelure blanche coiffée en queue-de-cheval, elle rappela au lieutenant les nones de son école, exceptée le timbre psycho rigide de sa voix.

La dame âgée s'écarta pour les laisser entrer dans son studio. Elle se répandit en conciliabules dès les premières paroles, craignant que les murs aient des oreilles. Elle disait se sentir atteinte dans sa dignité de femme pieuse.

- Vous rendez-vous compte, Monsieur le Commandant, si les voisins apprennent ce qui m'arrive. Quelle honte ! Mon Dieu ! dit-elle, outragée en se signant. Avoir pour locataire l'œuvre de Satan.

Dorman et Mathieu échangèrent un regard lourd de sous-entendus. Ils s'attendaient au pire avec l'imagination d'une grand-mère catholique pratiquante.

- Si vous nous expliquiez, prononça doucement Dorman.
- Cela s'est passé le jour de l'état des lieux. Je loue mon appartement qui me permet de louer à mon tour. J'ai préféré quelqu'un de célibataire, sans enfant, et, dans la mesure du possible, fonctionnaire pour garantir le paiement du loyer. J'ai choisi parmi les prétendants un homme qui est aide-soignant à l'hôpital, une profession sans histoire, disent mes amies. Donc, je fais visiter à Monsieur Yves Tassiéro mon trois-pièces. Vivant seul, j'ai trouvé qu'il serait grand pour lui mais, à cheval donné on ne regarde pas les dents.
- Money is money.
- Pardon ?
- Rien. Continuez.
- Ma fille n'était pas disponible ce jour-là, elle plaidait. Pas de chance. Elle est avocate à Dijon, compléta Madame Parmentier dont la conversation sautait du coq à l'âne. C'est elle qui rédige le bail à chaque fois. J'aurais dû garder les étudiants seulement les études ne se déroulent que dix mois par an. Je perds deux mois. Donc, pour en revenir au fait, au mo-

ment de signer l'état des lieux, je ne trouve plus mon stylo-bille dans mon cabas. Je le cherche et Monsieur Yves Tassiéro me propose le sien. Évidemment, j'accepte et là, en le sortant de la poche intérieure de son veston, tombe une photographie, et quelle photographie ! Mon Dieu ! Il a cru que je ne l'avais pas vue mais je l'ai très bien vue. Je n'ose vous la décrire.

- Dans notre métier, nous sommes habitués à entendre de drôles d'histoires, dit Dorman en l'enjoignant à la confidence. Allez-y, nous vous écoutons. Racontez.

- Un enfant nu, chuchota-t-elle.

- Garçon ou fille ?

- Un garçon, et dans une pose, si vous saviez, murmura-t-elle en abaissant encore le son de sa voix.

Dorman et Mathieu se penchèrent vers elle pour arriver à entendre.

- Décrivez-le nous, dirent-ils en chœur courbés vers elle.

- Il était nu devant un grand lit, jambes écartées, la main sur le sexe en érection. Un pédophile. J'ai loué à un pédophile, se lamenta-t-elle en se courbant face contre terre, encore choquée par l'évocation.

- Je vois, répondit Dorman. Quelle a été sa réaction ?

- Il a ramassé la photographie et l'a rangée dans son portefeuille en précisant que c'était le fils de sa sœur. J'ai fait celle qui n'avait pas bien vu. On a signé les papiers et j'ai téléphoné à ma fille dès que je suis rentrée ici. Elle m'a conseillé et, dans la semaine, j'ai diligenté à Monsieur Whillembad une enquête de moralité. Il me fallait des preuves pour rompre le bail, m'avait-elle dit.

- Cet événement s'est produit il y a longtemps ?

- Trois semaines environ. Maintenant que le détective est mort, qu'est-ce que je vais faire ?

- Nous allons prendre l'affaire en mains. Je contacterai votre fille pour les copies du bail.

- Je vous donne de suite le numéro de son cabinet, dit-elle.

Elle alla chercher son répertoire téléphonique.

Le commandant Dorman et le lieutenant Mathieu confirmèrent de nouveau leur aide en sortant. L'offense se lisait toujours sur le visage de la vieille dame lorsqu'elle referma la porte d'entrée de son logement.

- Direction Manuela Rossi dans la foulée, annonça Dorman en claquant la portière du véhicule de fonction emprunté.
- On ne la prévient pas ?
- Inutile. Elle ne bouge pas de la matinée. Je lui ai téléphoné du commissariat avant de partir interroger Parmentier.

Mathieu encaissa la réponse avec le sentiment d'être l'otage de son patron. Se savoir manipuler de cette manière l'irritait.

La tournée sera pénible, pensa-t-il.

9 h 30.

Kelly Travers quitta, repue, la salle à manger commune. Le petit-déjeuner était copieux et tentant. Elle en avait largement profité. Elle avait avalé deux pains au chocolat, un fromage blanc à la vanille plus une compote. Elle avait ingurgité deux jus d'oranges pressées et un grand café noir. Elle avait cédé à la gloutonnerie. Elle se sentait alourdie. Elle avait le ventre gonflé.

Elle dédaigna l'ascenseur et se déculpabilisa en gravissant l'escalier.

De l'exercice pour aider la digestion, Kelly. Tu es ridicule à bâfrer de la sorte, se blâma-t-elle en composant le code d'accès de sa chambre.

Elle était toujours essoufflée par l'effort fourni lorsqu'elle s'assit sur l'unique chaise. Elle avait déplié le plan de la ville sur le bureau avant de descendre, incapable de se décider. Elle avait la sensation de chercher une aiguille dans une botte de foin, sentence cornélienne qui la torturait depuis le lever du jour. La veille au soir, elle avait sombré dans le sommeil en refoulant ses doutes, convaincue d'avoir résolu le problème. Au matin, le scepticisme s'était allié à l'incertitude. Ces sentiments-là lui pourrissaient la vie et elle détestait ça. Ils ne lui apportaient que deux solutions logiques : soit agrandir le périmètre des investigations, soit renoncer à poursuivre la quête. Pourtant, s'arrêter lui paraissait inconcevable et sonnait l'échec cuisant de la promesse. L'évidence criait son incapacité à franchir l'obstacle. Jusqu'à présent, le hasard avait modelé le futur mais, aujourd'hui, le point d'interrogation était si énorme qu'elle percevait sa propre impuissance à travers lui.

Deux jours. Tu t'accordes 48 heures, parla-t-elle à son reflet dans le miroir. Si tu échoues, tu rentres au bercail. Tu te contenteras de ce que tu as accompli en écrivant le mot fin sur le mur des lamentations et dépêche-toi de quitter cet endroit avant de changer d'avis.

10 h 00.
Les Italiennes abondent en sex-appeal, évalua le lieutenant Mathieu en découvrant la silhouette longiligne de Manuela Rossi.

Son mari est un gros con de la tromper, jugea-t-il. Elle a un regard pétillant, des lèvres charnues, une chevelure d'ébène, un corps svelte, une peau bronzée et des jambes à damner un curé. Aimer sa femme n'a jamais empêché de reluquer les belles plantes.

Madame Rossi n'avait pas modifié ses habitudes. Elle les reçut en peignoir de bain largement ouvert sur le devant étant donné qu'elle avait terminé sa séance de natation quotidienne. À force de contempler la créature de rêve en avançant, Mathieu se déporta. Il faillit plonger dans la piscine. Dorman le rattrapa par le bras.

Il y a de quoi déstabiliser ce pauvre lieutenant, pensa Dorman.

- Que puis-je pour vous, officiers ?

Mathieu n'étant pas remis de ses émotions, Dorman prit l'initiative d'aborder le motif de la visite.

- Le décès de Monsieur Whillembad...
- Que dites-vous ?

- Que Monsieur Whillembad est mort.
- Je ne suis pas au courant.
- Normal. L'information n'a pas encore été divulguée. En revanche, cela implique la vérification des dossiers en cours saisis à son cabinet. Selon ses notes, vous accusez votre conjoint…
- Ex-conjoint, rectifia Manuela Rossi en stoppant Dorman l'index levé.
- D'après les renseignements fournis, votre ex-conjoint, puisque vous le nommez ainsi, entretenait des relations extra-conjugales qui ne nous préoccupent pas. Elles relèvent du privé. En réalité, nous sommes ici pour parler du détective. Son agenda indique de nombreuses visites à votre domicile.
- Il m'informait régulièrement des frasques de ce salaud.
- Vous paraissait-il nerveux lors de vos entretiens ?
- Je n'ai pas focalisé mon attention sur sa personne. C'est de moi qu'il s'agissait, non de lui.
- Monsieur Rossi était-il au courant que vous le faisiez suivre ?
- Jugez par vous-même.

Elle attrapa son iPhone sur la chaise longue et afficha le message reçu datant du 20 août. Dorman et Mathieu purent lire sur l'écran : sale garce, tu partiras une main devant, une main derrière.

- Explicite, non ?

Dorman évinça la question et envisagea le départ. Il perdait son temps avec cette femme qui s'était trop vite remise de la mauvaise nouvelle à son goût. La rancœur avait remplacé l'amour. Sous peu, son âme serait sèche et elle craquellerait au zénith.

- Concluez, Messieurs ! Concluez ! C'est votre métier, continua à vociférer Manuela Rossi alors que les deux policiers se trouvaient déjà au portail, raccompagnés par la femme de ménage. Notez la menace, leur cria-t-elle. On ne sait jamais.

Les Calabrais règlent leurs comptes en famille et lui, il se prend pour un parrain. La justice, il l'ignore.

La tirade se perdit dans la brise. Mathieu crût discerner : quel con ! Il ne sut à qui était destinée l'appellation.

10 h 30.

Kelly Travers nageait dans la piscine découverte de l'hôtel quatre étoiles. Dès sa plus tendre enfance, elle avait aimé le contact des vagues, fraîche dans la Manche, tiède en Méditerranée. Qu'importe. C'était son élément favori et son signe astrologique : le poisson.

Une prédilection, cette eau, un attrait déterminant pour mon nouvel ancrage, déclara-t-elle entre deux mouvements.

Du luxe, elle en avait rêvé, elle l'avait concrétisé. Certes, il avait fallu s'éloigner de quelques dizaines de kilomètres du point d'attache mais elle ne le regrettait pas.

À chaque fois qu'elle relevait la tête, elle embrassait la vue panoramique que lui offrait le grand bassin sur la forêt avoisinante. Entourée de mâles avides de femelles qui l'indiféraient, elle avalait les longueurs de crawl sportivement, lançant ses bras à l'assaut des remous bouillonnants. Chaque aller s'apparentait à une volupté, chaque retour à une délivrance. Elle était son propre soleil vainquant la nuit ténébreuse, bravant les démons qui l'avaient tant fait souffrir durant son adolescence. Elle attendit que coule dans ses veines une énergie nouvelle pour sortir de la piscine. Elle récupéra le peignoir de bain mis à sa disposition et le jeta négligemment sur ses épaules. Mules en tissu éponge aux pieds, elle longea le bord jusqu'à la sortie sous le regard admiratif des hommes et celui haineux des femmes.

La chasse est ouverte avant la saison, pensa-t-elle, amusée. N'ayez aucune crainte, Mesdames, vous ne me tentez pas et eux encore moins. La passade de l'autre fois me distrairait mieux que vous tous réunis.

Elle remua le popotin et vérifia l'effet produit, amusée. Elle les lorgna en s'éloignant.

Trop vieilles passées la trentaine et bien trop flasques, jugea-t-elle. Un minimum d'esthétisme s'impose dans le plaisir des corps. De l'hédonisme pour sublimer les sens et je sais de quoi je parle. La nudité n'a plus de secret pour moi. Combien en ai-je palpé de ces attributs sexuels ? J'ai perdu le compte, à force.

En passant devant le présentoir à journaux, elle emprunta le quotidien local, promettant à l'hôtesse de le lui rapporter avant midi. Le journal sous le bras, elle s'engouffra dans l'ascenseur en compagnie d'une dame à la soixantaine passée.

- Comment trouvez-vous le spa, mon petit ? questionna la sexagénaire en la dévisageant.

Kelly Travers n'eut pas à répondre. La porte s'ouvrit à son étage, la libérant de cette personne qu'elle catalogua d'emmerdeuse.

Il en traîne vraiment partout, maugréa-t-elle en laissant choir le douillet peignoir blanc sur la moquette de la chambre, et quel que soit l'âge. Une râleuse de service en puissance. Une vieille peau. Bon, après cette triste constatation, attaque-toi aux nouvelles du jour, ma fille.

Elle feuilleta rapidement le journal sur son lit, lisant en diagonale les gros titres. Arrivée à la dernière page, elle recommença depuis le début, en accordant plus d'attention à la lecture.

Impossible qu'il n'y est rien depuis le 27, s'étonna-t-elle.

Elle s'appliqua à ne rien négliger et fut agréablement surprise. Quelques mots insignifiants relataient, enfin, le décès de Monsieur Garry Whillembad, pas même une brève, juste un entrefilet servant à combler la colonne des faits divers de la onzième page.

Il n'a pas été vain de travailler en milieu stérile, se glorifia-t-elle. J'ai eu raison de postuler auprès de ce chef de service intransigeant sur la propreté avec sa phobie des microbes. J'ai appliqué ses consignes en aseptisant le salon de ce salopard. Pas d'indices pouvant me compromettre, c'est une certitude sinon le canard l'aurait mentionné depuis longtemps. Continue en finesse, Kelly. Le train est en marche. Il roule sur les rails, droit devant lui, le danger écarté. À voir s'il s'arrêtera à la prochaine station.

Elle ouvrit le minibar et dévissa le bouchon d'une mignonnette de vodka.

À moi. À ma réussite, s'exclama la criminelle en levant le bras.

Elle but à même le goulot l'alcool fort. Il lui brûla l'arrière-gorge. Elle s'en délecta en souriant.

13 h 00.

Dorman lâchait du lest vis-à-vis de ses collègues. Il était moins rigoureux que d'habitude. La nonchalance instaurée pendant les vacances tardait à quitter son esprit et son corps. Il avait réservé une table à la brasserie située en face du commissariat, celle qu'il affectionnait particulièrement. Ici pas de nappe à petits carreaux rouge et blanc, ni de bougie dégueulant sa cire sur une bouteille de Chianti en guise de bougeoir. Le design moderne s'étalait du sol au plafond, en passant par les murs aux couleurs criardes décorés par des photographies de Manhattan et des lithographies de Andhy Warhol. L'établissement offrait le contraste saisissant d'un décor pop'art à l'américaine assorti de plats italiens.

Assis sur les chaises en inox brossé, les quatre policiers dégustaient des raviolis à la daube nappés de sauce tomate et de parmesan râpé. L'eau gazeuse pétillait dans les verres multicolores, se reflétant sur la table en plexiglas vermillon. Le commandant attendit que les assiettes fussent vides pour annoncer le menu de l'après-midi.

- Il me faut un volontaire pour accompagner les Whillembad à la morgue dès leur arrivée au QG. Je vous désigne donc, Piot. Vous comprenez l'anglais et le parlez un peu. Ce sera

votre baptême, et puis, vous connaîtrez les lieux pour après. Mathieu, je vous charge du pédophile supposé. Vous épluchez tout, la totale : facturettes de crédit, appels téléphoniques, compte bancaire puisque notre brave Madame Parmentier a eu la prudence de photocopier le chèque de caution avant de l'encaisser. Si le directeur de la banque s'oppose à vous faxer les relevés, faîte intervenir la brigade des mœurs qui a des liens avec celle de la fraude. Le commandant Lemaître est un ami. Il vous appuiera. Je vais lui en glisser un mot ainsi qu'au juge. Piot vous aidera en attendant les Whillembad.
- Et moi ? s'étonna Duharec.
- Vous, vous m'accompagnez à l'hôpital pour Tassiéro. Une histoire de pédophilie ça urge autant que le meurtre. Sur le retour, nous approfondirons l'enquête de voisinage du détective. Many hands make light work, cita Dorman.
- Ce qui signifie ? interrogea Mathieu.
- Plus on est nombreux, plus le travail est léger, dixit le dictionnaire, répondit Duharec.
- Dans trois heures au rapport, conclut Dorman. Go. Go. Go.

17 h 00.
Kelly Travers était dépitée. Elle avait fait preuve de négligence l'autre soir et, maintenant, elle se tenait devant la porte du pub comme une idiote. C'était le jour de fermeture et elle n'avait même pas songé à vérifier avant de s'apprêter. Elle avait mis du temps à se maquiller et à choisir une robe sexy afin d'appâter le barman et de lui soutirer des infos. Il lui fallait reporter son plan au lendemain, autant dire aux calendes grecques.
Qu'allait-elle faire de sa soirée ? Trop tôt pour envisager une virée nocturne, trop tard pour une séance de cinéma, en revanche elle avait eu une idée en se contemplant dans le miroir de la penderie. Elle sortit le smartphone de son sac à main et chercha sur le Web l'objet de son projet. Plusieurs

boutiques vendaient cet accessoire dans la ville dont une se trouvait proche du pub. Elle nota l'adresse sur le verso d'un ticket de caisse et partit, séance tenante, en direction du magasin. La géolocalisation indiquait 300 mètres. Dans dix minutes, il lui suffirait de voir la vitrine et elle saurait si l'idée s'avérerait judicieuse.

18 h 00.

Les deux lieutenants voulaient parler et aucun des deux ne commençait. Ils avaient déjà pris du retard à cause de Piot qu'ils devaient attendre, Dorman ayant été catégorique sur le sujet : on ne démarre pas sans lui.

En fait, le rudiment d'anglais du brigadier avait suffi à le propulser interprète auprès des parents du détective. Il les avait donc accompagnés chez les pompes funèbres après la morgue.

- Heures des obsèques, 15 heures, jeudi, annonça-t-il tout de go dans le bureau du commandant.

Enfin le voilà, marmonna un Mathieu encore hostile, selon les moments, à l'intégration du brigadier dans le trio.

Duharec enchaîna avant que l'échange ne s'envenimât et ne provoqua une tension inutile dans le quarteron. Elle rapporta l'entrevue avec le Directeur des Ressources Humaines de l'hôpital qui ne tarissait pas d'éloges sur l'aide-soignant, louant son zèle et sa dévotion, gentil avec les malades, toujours prêt à rendre service au sein de l'équipe médicale depuis des années qu'il occupait son poste. Une perle, cet homme, avait ajouté le directeur. Jamais d'arrêt de travail, ne rechignant pas sur les heures supplémentaires ou le rappel pendant les congés. Selon lui, il penchait vers un excès de féminité. Étant célibataire, les bruits de couloir rapportaient une éventuelle homosexualité, mais qui se soucie de cela aujourd'hui, dixit le responsable.

- Une manière de cacher ses véritables pulsions.
- Possible, Mathieu. Il couvre ses arrières. Et de votre côté ?

- Le banquier a été très compréhensif, commandant. Il ne veut pas de vague concernant son établissement car il vient d'être nommé. Il a transmis les relevés du mois en cours. Cela a suffi pour entourer des achats en CB dans un sex-shop et des retraits d'espèces chaque semaine. En revanche, notre homme est inconnu aux mœurs ce qui conforterait l'hypothèse homosexuelle qu'il répand autour de lui volontairement.
- L'adresse du sex-shop ?
- À Troyes, dans une ruelle peu fréquentée.
- Pas très malin. On se déplacera pour connaître les bricoles achetées mais d'abord nous rendrons visite à l'intéressé. J'ai son planning. Quant aux voisins de Whillembad, rien appris de nouveau que nous ne sachions déjà. Un homme sans histoire, un solitaire qu'on retrouve quand même assassiné. Seulement, à qui profite le crime ? Et quel est le mobile ? Dead men tell no tales.
- Les morts ne parlent pas, traduisit Piot en fixant Mathieu qui manifestait son agacement par un balancement saccadé du pied.

Marre de ces intrusions anglaises dans notre langue, se disait-il. Une lubie à chier.

- To morrow, Piot, vous me surveillerez Rossi chez le neveu en attendant que je l'interroge. On a fait l'impasse sur lui, to day, mais demain est un autre jour. On va s'occuper de ce lascar. Il faudra aussi questionner la famille de Vermillon. Il est évident qu'à ce stade, nous sommes toujours au début de la collecte d'éléments et nous devons, à tout prix, éviter d'amalgamer les idées préconçues qui pourraient nous faire privilégier certains indices alors que d'autres nous paraissant anodins se révéleraient ensuite primordiaux. Par manque d'information et d'incertitude, évitons de focaliser sur une seule supposition, si tentat que nous en ayons une ce soir. On ne va pas se la jouer fonctionnaire, mais, quand même, 5 000 euros de rançon, jamais eu ça dans ma carrière. C'est du gagne-petit, dit Dorman en se levant, mettant fin au compte rendu journalier.

20 h 30.

Le lieutenant Duharec balançait entre la joie et l'appréhension depuis qu'elle avait ouvert son ordinateur portable après le repas. Comment aborder le sujet sans froisser son colocataire ? Dorman lui tendit une perche inespérée en apportant les tisanes dans le jardin.

- Crachez-le, ça ira mieux ensuite.
- Condition suspensive levée, vente conclue.
- Heureux pour vous, dit-il d'un ton bourru en prenant place sur la balancelle à côté du lieutenant.
- Signature dans trois semaines, temps imparti des hypothèques.
- La paperasse notariale.
- Je discuterai la date d'entrée dans les lieux. Cela simplifiera mes démarches. Et pour vous ?
- Quoi, moi ? répondit-il le front plissé.
- J'appelle ?

Sous le choc, le commandant ne comprit pas la question puis il se souvint.

- Vous avez mon feu vert, dit-il à moitié détendu.
- Sage résolution, patron.

Ils burent en silence, contemplant les premières étoiles scintillant dans le ciel. C'était un soir de pleine lune. Un soir de prédateurs.

CHAPITRE VI

Mercredi 31 août.

7 h 00.
Le brigadier Piot s'était levé aux aurores ce matin. Il avait embrassé sa compagne et quitté le domicile une demi-heure en avance par rapport à l'horaire habituel. Il tenait leur fils dans ses bras. Celui-ci somnolait en souriant. Sanglé dans le siège pour bébé, l'enfant se rendormait pendant que Piot conduisait vers la crèche municipale de leur quartier.
Il réfléchissait.
Il élaborait mentalement la stratégie de surveillance concernant l'appartement du neveu, le dénommé Jacques Fortini.
Avec mon uniforme, la tâche sera compliquée mais réalisable si je me positionne dans le jardin public en face de l'immeuble, échafauda-t-il en stationnant sur le parking de la garderie.
Il confia Benjamin, enfant prématuré à la naissance, aux mains expertes des auxiliaires de puériculture et tendit le sac à langer contenant les vêtements de rechange à la responsable. La couveuse appartenait au passé, le bambin se développait normalement, envoûtant ces dames, et le père était moins angoissé par l'abandon. Piot put partir le cœur moins lourd, les pensées tournaient vers le suspect Rossi.
Comment occupe-t-il ses journées ? se demanda-t-il, hormis être le propriétaire du pub et récupérer les recettes le soir. D'après les renseignements fournis par le barman, il ne travaille pas et il est souvent en déplacement, propos aussi confirmés par sa femme. Si je crois la vision de Mathieu, leur luxueuse villa engendre des frais si considérables que mon salaire n'y suffirait pas. Il faut bien que l'argent rentre pour faire bouillir la marmite et payer les factures.

Il eut la subtile idée de garer son véhicule deux rues avant sa destination. Le brigadier en était là dans ses réflexions lorsqu'il prit position parmi les personnes âgées promenant leurs chiens tenus en laisse à la vue de la police. Il arpenta l'allée principale plusieurs fois de suite et, las de cette promenade obligatoire, finit par s'asseoir sur un banc.

Vers 9 h 00, il reconnut Pierre Rossi d'après la photographie qu'avait fournie l'épouse. Celui-ci était en train de sortir de l'immeuble. Il le suivit jusqu'à ce qu'il entrât dans une pharmacie. Il le vit ressortir peu de temps après avec le sachet marqué de la croix verte. Piot fit mine de verbaliser les voitures en stationnement et continua à le surveiller de biais. Rossi faisait ses courses. Le brigadier eut droit à la boulangerie, la banque et le bureau de tabac avant de regagner son poste d'observation.

Les bancs à l'ombre avaient été prix d'assaut, pendant son absence, par des adolescents désœuvrés qu'il dérangea dans leurs transactions douteuses. Il ne s'y intéressa pas, restant concentré sur l'objectif, le regard rivé sur la porte d'entrée. À force de la scruter, il aurait pu la dessiner point par point. Il pouvait discerner, malgré la distance qui le séparait d'elle, les gros clous d'ornement en fer forgé plantés dans cette porte massive qu'on devinait avoir été taillée dans un bois à la dureté éprouvant n'importe quel compagnon ébéniste. Un art cossu du 19e.

Vers 10 h 00, un scooter s'arrêta sur la chaussée, gênant la circulation. Piot ignora la manœuvre et se concentra sur le jeune cyclomotoriste en train d'appuyer sur l'interphone. Pierre Rossi sortit dans la rue en gesticulant.

Il a l'air furieux. J'immortalise, décida Piot.

Il filma les deux individus avec son téléphone portable, zooma sur le visage du gamin et sur la transaction. Deux colis furent transférés du top-case dans un sac-poubelle tendu par Rossi. Le jeune referma le coffre de rangement, monta sur son engin, mit les gaz et fila dans le flot de voitures. La scène dura

moins de dix minutes. Piot en référa aussitôt à Dorman. Mis en relation avec le répondeur, il laissa un message et attendit le rappel.
- Beau réflexe, brigadier. Come-back au QG. Cherchez dans le fichier des délinquants notoires en nous attendant. Votre gars doit sûrement y être.
Le commandant raccrocha, stoppant net la filature matinale.
Le brigadier Jean-Marc Piot leva le camp.

9 h 00.
Depuis qu'il était entré, Mathieu dévisageait Charles de la Mitonière. Élégamment vêtu, l'homme assis en face de lui ne dépareillait pas dans le duplex situé au quatrième et dernier étage d'une belle copropriété du centre-ville. Reçu dans un lumineux séjour ouvrant sur une immense terrasse qu'estimait le lieutenant à plus de 80 m2, le policier avait une vue dégagée sur les toits en ardoise. Une immense toile moderne peinte aux couteaux dans un dégradé de vert occupait le mur sur la gauche, face à un miroir tout aussi large sur la droite qui agrandissait la pièce. Le canapé cinq places et les quatre volumineux fauteuils ne suffisaient pas à remplir l'espace. Sur la table basse en marbre rose traînait une tasse de café dont le marc avait séché, avec un reste de croissant dedans. Des clubs de golf étaient posés dans un coin, objets incongrus dans un univers stylé magnifiquement orchestré.
Mathieu joua franc jeu.
- Votre nom a été cité dans un des dossiers du détective Garry Whillembad trouvé mort chez lui il y a quelques jours, fait relaté dans la presse locale.
- Oh ! Je ne vois pas en quoi cela me concerne.
- À vous de me le démontrer. Madame Vermillon, que pouvez-vous m'en dire ?
Charles de la Mitonière, jambes croisées dans une posture princière, resta évasif dans sa réponse.

- Mon mariage avec Claudine Vermillon, la simplicité d'une erreur. J'étais seul, la femme belle et appétissante, consciencieuse dans son métier, assidue, beaucoup trop selon mon souhait. Une travailleuse acharnée du boulot qui rentrait tard le soir, épuisée. Une histoire banale de couple, en somme, qui est terminée depuis deux ans. J'ai été un homme délaissé au profit du Dieu Travail.
- Et la petite Cécile ?
- Une gentille gamine, effacée derrière sa mère. Je m'en occupais à l'époque. J'avais le temps, elle pas. Je la revois de temps en temps. Nous prenons un thé. Elle me raconte le monde à sa façon.
- À quand remonte votre dernière entrevue ?
- Eh bien, attendez que je me remémore. Je crois que c'était au mois de juin. Oui, c'est cela, avant le brevet des collèges. Je lui avais promis une tablette tactile si elle réussissait son examen. Elle a choisi la marque Apple, bien sûr, vous connaissez la jeunesse.
- Et avant, au cours du premier trimestre ?
- Non, je ne l'ai pas vue, j'étais absent. Mon ex-femme a dû vous colporter mon péché mignon qui n'est un secret pour personne. Je fréquente les champs de course. Un mois à Deauville, un autre à Cagnes sur Mer, suivant la saison. Je voyage sur le territoire national. Je fais travailler l'économie locale. Il faut bien s'occuper un peu. Suite à l'héritage familial partagé avec ma sœur, j'ai eu vent d'opportunités alléchantes qui me mettent à l'abri du besoin. Certes, la mort accidentelle de nos parents a été un drame pour nous tous. Nous avons été élevés en pensionnat, ma sœur et moi. Nos grands-parents paternels étaient nos tuteurs. À ma majorité, ma sœur étant plus âgée que moi, nous avons vendu au plus offrant le domaine parental, vignes et bâtiments compris. C'était trop contraignant, tout ça, soupira l'homme blasé. Maintenant, je m'invite chez les uns et les autres, lorsqu'on accepte ma présence. L'hospitalité

n'est plus ce qu'elle était dans ma jeunesse. Je réduis les dépenses.

Mathieu nota l'allusion à peine perceptible. Existerait-il une gêne financière dans la noblesse ? pensa-t-il en étudiant le self-control de l'intéressé face à la police. L'emploi du temps du gaillard sera un grand moment de solitude, je le sens. Ce mec est une cigale qui chante à longueur de mois à droite et à gauche. Qu'est-ce que j'en ai marre de ces interrogatoires informels de Dorman ! Lorsque je serai capitaine, je serai intransigeant sur la procédure. En attendant ce jour béni, il faut que je me farcisse ce guignol qui se la joue rentier aux poches certainement vides et, comble du bonheur, il me prend une envie d'uriner à me pisser dessus jusqu'aux chaussettes. Si ça continue, ma vessie va exploser quand je vais bouger. Maudit soit le thé diurétique. Il faut que je réduise la dose.

- Je devine, à votre silence, qu'il vaudrait mieux que j'ai des alibis solides et irréfutables. Je vais de ce pas chercher mon agenda.

Mathieu en profita pour changer de position dans le fauteuil. Focalisé sur son problème, il n'espérait qu'une chose : déguerpir rapidement.

J'en peux plus. Découverte du mobile difficile ou pas, je vais abréger, décida-t-il en voyant revenir son hôte.

- Tenez. Je vous ai noté les dates et les adresses pour votre vérification, car vous vérifierez, c'est certain. Vous êtes venu dans l'intention d'obtenir ceci et je me trompe rarement. Je reconnais ce faciès interrogatif. Vous ressemblez à quelqu'un à qui je solliciterai de l'argent. Je n'ai rien à cacher et je ne comprends pas votre démarche. Je ne connais pas votre, comment avez-vous dit, déjà ?

- Le détective Garry Whillembad.

- C'est cela, votre Whillembad.

- Vous certifiez donc n'avoir rien à cacher. Pas même une ardoise chez un bookmaker ?

- Vous portez ombrage à ma réputation, lieutenant. Qu'insinuez-vous de la sorte ? Je suis un gentleman. Je joue, je perds, j'emprunte peu, je gagne, je rembourse à chaque fois. Telle est ma devise et non, au risque de vous décevoir, je n'ai pas de dettes de jeu.

Malin, le joueur, se dit Mathieu. Les dettes de jeu sont irrecevables et il le sait. Il me prend pour une andouille mais j'ai trop envie de pisser pour le contrer. J'embarque son foutu papier et je fonce au troquet du coin en sortant. Merci. Au revoir. Bienvenue les chiottes.

Ailleurs.
9 h 00.
Synchronisation.

Le commandant Dorman avait programmé les deux interrogatoires à la même heure. Il voulait éviter les échanges entre le frère et la sœur. Il comptait sur l'effet de surprise que produit le mot police afin de déstabiliser les interpellés. L'ex-belle sœur avait affirmé que Madame ne travaillait pas mais il ne s'attendait pas à trouver Monsieur Dutour encore chez lui, en milieu de semaine, lorsque la porte s'ouvrit.

À pavillon modeste, intérieur modeste.

La flagrante comparaison s'imprima dans le cerveau de Duharec.

Autant Claudine Vermillon vivait dans un décor affichant l'aisance de la propriétaire, autant la famille Dutour vivait entouré d'un ameublement vieillot à l'image de ses occupants. On sentait que l'utile devait servir jusqu'à rendre l'âme ne serait-ce qu'en découvrant l'énorme téléviseur à tube cathodique aux fonctions de home cinéma aperçu depuis l'entrée, un reste désuet de la splendeur de leur installation. Le couple ne roulait pas sur l'or, cela se voyait, il ne le cachait pas. Dorman estima la tranche d'âge des conjoints dans celle du lieutenant cependant ils paraissaient beaucoup plus vieux. Coiffures négligées, tee-shirts à la couleur ternie par les lavages successifs, pantalons froissés usés jusqu'à la trame, chaussures usagées, ils étaient semblables à leur intérieur : éteints, incapables de réagir face à l'adversité.

Les deux D refusèrent toutes les propositions qu'émit la docile maîtresse de maison habituée à recevoir dans l'ombre de son mari. Ils purent lire sur son visage les stigmates d'une vie par procuration. Monsieur parlait, Madame écoutait, hochant parfois la tête dans un signe d'approbation. Ils énumérèrent un emploi du temps routinier où les matins ressemblaient aux soirs et les soirs aux matins. Une lente descente aux enfers après avoir vécu dans l'insouciance que procure momentanément un avantage pécuniaire substantiel grâce à l'héritage reçu, dixit Claudine Vermillon.

La mère a tapé dans le mille, constata Duharec. L'argent manque dans le porte-monnaie. Ces deux-là s'accrochent à la résurrection d'un faste révolu. Ils ont brûlé la chandelle par les deux bouts et se lamentent sur leur sort. Les factures à payer sont un mobile suffisant pour une si petite somme. 5 000 euros de rançon. Il a raison le chef, jamais vu ça. C'est peu, ça colmate une brèche et ensuite, on voit venir. La Rose Marie de la Mitonière semble s'y être habituée depuis qu'elle s'appelle Dutour.

Dorman en avait assez entendu. Au bout d'une heure, il avait cerné les deux interrogés. Une simple vérification bancaire suffirait pour eux aussi. Ce fut à ce moment-là que la sonnerie de son téléphone portable rompit le monologue d'Alain Dutour. Prétextant un appel urgent, le commandant abrégea les souffrances de l'épouse dont le visage se décomposait au fur et à mesure.

De quoi a-t-elle peur ? se demanda le lieutenant.

Le commandant rappela le brigadier sur le trottoir, épié par l'épouse derrière ses rideaux, tandis que Duharec l'attendait dans la voiture, moteur allumé.

- C'était Piot. Il rentre au bercail. Il est bien, ce petit. Il faut l'inciter à présenter le concours interne d'officier. Il nous sera utile après le départ de Mathieu.
- Je lui en glisserai un mot.
- Parfait. Pour revenir à ce qui nous préoccupe, reprit Dorman sans réaliser qu'il avait été l'instigateur de cette interruption dans le raisonnement, si l'argent de la rançon ne ressort pas chez quelqu'un, nous reviendrons ici sans la présence de Monsieur. On conviendra d'un rendez-vous auparavant. Madame en sait plus qu'elle ne dit.
- Elle n'a rien dit, chef.
- Justement, c'est louche. Je le renifle à trois lieues à la ronde, argumenta-t-il.
- Votre fameux flair, patron.
- Exactement.
- You are on the right track.
- Traduction.
- Vous êtes sur la bonne voie.
- Vous allez me l'écrire, Duharec. Je m'en servirai à l'occasion. Je complète ma collection d'expressions idiomatiques. Go to the QG.

Le lieutenant ne répliqua point

L'obsession du dernier mot perdure aussi dans les langues étrangères, se dit-elle. Quel chef !

16 h 30.

Le commandant Dorman ouvrit la porte de communication avec le bureau de Duharec et lui annonça leur départ pour l'Irish Pub aux alentours de 17 h 00. Il voulait parler à Pierre Rossi dans son établissement et non au commissariat. Il comptait sur l'illusion procurée par le fait que celui-ci serait en position de force dans son pub pour le pousser à la faute. Le plan diabolique fonctionnait dans certains cas, il voulait y croire ce soir. Il en profiterait pour drainer les ragots depuis le décès de Whillembad. Il continua sa traversée pour entrer dans l'antre de Mathieu par la deuxième porte de communication, le bureau de Duharec étant au milieu.

Le lieutenant était plongé dans la lecture des courses hippiques sur son ordinateur.

- Alors, ça avance ?
- Bof, grommela Mathieu. J'élimine petit à petit. Je remonte vers la source le cours des paris de La Mitonière. Je coche.
- On s'en va, avec Duharec. Nous passons au pub pour Rossi. On se voit demain. Salut, Mathieu.
- Salut, chef. À 18 h 00, je me tire d'ici. J'en ai ma claque des chevaux.
- OK. No problem, répondit Dorman et à l'intention de Duharec il lança en passant, fermez tout, on s'arrache.

17 h 15.

Dorman tira la porte vers lui et laissa entrer sa collègue dans l'établissement.

Peu de client attablé à cette heure. Ce n'était pas O'Connors derrière le comptoir. Le commandant ne connaissait pas l'homme au crâne rasé, avec des signes cabalistiques sur les bras et des tatouages aux phalanges. Tee-shirt avec un chien imprimé dessus, jean troué à la jambe droite de la cuisse jusqu'au genou, des chaussures montantes malgré la saison, le barman en question s'avéra être, suite aux présentations, le neveu de Rossi, Monsieur Fortini Jacques.

- Cela tombe bien. Nous voulons parler à votre oncle.
- Je l'appelle. Je vous sers à boire en attendant.
- Deux Fuller's. Nous ne sommes plus en service.

Les deux D s'installèrent sur les hauts tabourets. Le neveu était loquace. Il avait la parole facile. Dorman et Duharec apprirent que celui-ci tenait une boutique la journée et remplaçait le barman pour le mercredi, son congé hebdomadaire avec le mardi. Cela ne le dérangeait pas. Ce jour-là, il fermait à 16 h 30 pour arriver directement ici. Il faisait le trajet à pieds et rentrait chez lui avec son oncle après la fermeture. C'était une autre clientèle que la sienne. Elle le changeait de ses habitués dérangés du bocal, selon son expression.

- Des tordus, il y en a, commandant. Je ne vais pas vous contredire.
- Et vous êtes dans quoi, déjà ? questionna innocemment le lieutenant. J'étais distraite. Je n'ai pas entendu.
- Le sexe. Ça rapporte mais il faut rester réglo.
- Tu parles trop, neveu, coupa Rossi en entrant, pantalon orange en toile de coton et polo bleu pétrole, le contraire de son Fortini.

Il le remplaça derrière le comptoir et se tint solidement campé sur ses deux jambes, bras croisés, toisant les officiers de la brigade criminelle.

Le portrait craché de Mathieu, s'amusa à comparer Duharec.

- Que me vaut cet honneur ?
- L'enterrement de Monsieur Whillembad, demain, à 15 h 00.
- Cette fouine n'est pas une grosse perte.
- Votre femme, Manuela Rossi, ne pensait pas comme vous puisqu'elle avait fait appel au détective.
- Il l'avait embobinée, ce sac de merde. Cette ordure ne me lâchait pas, continuellement sur mon dos et pas discret, avec ça, le con. Je l'avais repéré avec son appareil photo autour du cou. Il se prenait pour un paparazzi.
- Vous ne l'appréciez pas, on dirait, enchaîna Dorman.
- Je ne vais pas le pleurer. Bon débarras.
- Tu t'énerves, oncle. Pense à ton cœur.
- Fous-lui donc la paix, à mon cœur et occupe-toi des clients.
- Il n'y a personne.
- Je m'en fous. Dégage. On cause.
- C'est bon, je vais faire le plein. Je descends à la cave.
- Il n'y a plus de respect, se plaignit Rossi en sortant une boîte de la poche de son pantalon.

Il se servit un verre d'eau et avala un comprimé d'une seule gorgée sous l'œil attentif du lieutenant. Il posa la plaquette avec son blister vide sur le zinc. Duharec poussa sa pinte vers le médicament afin de se rapprocher et de pouvoir déchiffrer les inscriptions. Elle conserva son calme à la lecture du mot Digoxine Nativelle. Le commandant l'avait vu, lui aussi.
- Cardiaque ? interrogea Dorman.
- Ouais. Le toubib m'a prescrit ça pour les troubles du rythme. J'ai la machine qui s'affole, alors, les femmes, j'en profite. Manuela ne comprend rien à rien. Je peux tomber raide bêtement, et claquer sans prévenir. Je suis un homme et je m'amuse un peu avant le trou noir.
- D'où la demande en divorce.
- Cette garce veut me faire cracher le pactole. Vous avez dû la voir, non ?
- Affirmatif.
- Alors vous avez vu la piaule. Elle veut tout et la pension en sus. La "faignasse n'a qu'à bosser". Et puis quoi, encore ? Le beurre et l'argent du beurre ? Je t'en foutrai, moi, de son constat d'adultère. Je ne baisserai pas le pantalon. Vous savez où elle peut se le mettre, son constat ? L'autre, il a crevé, je suis tranquille pour un moment. D'ici qu'elle en trouve un autre, l'affaire sera réglée.
- Évidemment.
- Vous étiez venu pour l'enterrement ?
- Oui.
- Je le dirai à O'Connors. C'était son pote.
Fin de l'interview.
Duharec n'attendit pas d'être arrivé à la voiture pour discuter avec son patron de la prescription du médecin.
- La tchatche est la mère de la nervosité, Duharec, et Pierre Rossi est nerveux. Demain, vous laisserez vos vêtements bariolés dans l'armoire. Vous serez en deuil. Nous suivrons le cortège funèbre.

19 h 00.
Kelly Travers avait méticuleusement préparé son discours.
Avec le décalage horaire, je suis sûre de les joindre chez eux. Les parents rentrent toujours avant 18 h 00, été comme hiver, pour suivre leur émission télévisée et aujourd'hui, ils ne dérogeront pas à la règle. C'est aussi important que le tea-time. Bon sang, qu'est-ce que cela a pu m'agacer en étant jeune, pensa-t-elle en composant l'international.
À la troisième sonnerie, son père décrocha. À l'intonation de sa voix, elle sut qu'elle dérangeait. Elle ne palabra pas et annonça qu'elle quittait le vieux continent la semaine prochaine, définitivement. Elle entendit sa mère se réjouissant de l'annonce qui criait à son mari : quand ?
Kelly Travers ne put assurer qu'elle serait à leurs côtés ce week-end. Elle ferait son possible pour le billet, n'ayant pas encore réservé sa place sur le ferry. Oui, elle pouvait embarquer sur n'importe quelle compagnie ; oui, elle s'était plu à l'étranger et s'était perfectionnée dans sa branche ; oui, ses différentes missions lui avaient été bénéfiques ; non, elle n'avait pas beaucoup bougé mais elle avait vu l'essentiel et oui, elle ne repartirait plus. Dorénavant, elle voyagerait pendant ses congés, en leur compagnie s'ils le souhaitaient ou seule.
Elle avait terminé son tour de France à l'image de ses compagnons sauf que, elle, elle ne cherchait pas du tout à maîtriser des techniques différentes, elle était ce chasseur de primes qui traquait une proie. Elle l'avait trouvée et l'avait éliminée, du moins, une des deux.
Elle en eut vite assez de se justifier auprès de son père et raccrocha en promettant de vivre dans leur contrée, suffisamment proche d'eux pour aller les voir et suffisamment éloigné pour être paisible sachant qu'ils avaient dû mal à accepter ses mœurs. Elle y avait encore droit après toutes ces années.
Une nouvelle fois, elle savoura sa solitude au bord de la piscine. Il faisait exceptionnellement doux pour la saison. Les

météorologues qualifiaient ces températures d'été indien. Elle se moquait de leurs prévisions, elle jouissait du soleil couchant qui prolongeait son hâle chèrement acquis entre deux contrats. Elle goûta cet instant de sérénité et s'étira sur le transat. Elle regarda sa montre. Il était temps de se préparer pour le second round.

Aucune pause pour les traîtres.

Elle hésita devant la penderie en touchant la robe de la veille.

Il est possible qu'une personne est remarquée la tenue comme la grincheuse de l'ascenseur, se méfia-t-elle.

Rester vigilante. Elle abandonna cette dernière.

Choix primordial.

Robe plissée à pois rouge et bleu ciel s'arrêtant à mi-cuisses, boutonnée sur le devant, escarpins à talons aiguilles vert d'eau, pochette rouge pour contenir l'indispensable féminin.

Dans la salle de bains, elle sortit de leur liquide physiologique les lentilles correctrices Bleu Azur et les plaqua sur ses iris. Elle compléta par une paire de lunette à monture argentée aux verres neutres. Elle peigna ses longs cheveux blonds cendrés vers l'arrière, les tressa et les attacha avec de fines barrettes sur le sommet de son crâne. Elle s'empara de sa nouvelle acquisition : une perruque synthétique dont les fibres ondulées châtain clair lui couvraient la nuque. Elle respecta la notice de pose, vérifia la stabilité, serra le lien et modela doucement les mèches avec ses doigts. Elle se pencha en avant et fit plusieurs exercices de va-et-vient.

Incroyable ! s'exclama-t-elle.

Elle avait totalement modifié son apparence.

Elle écouta les bruits en provenance du couloir. Elle attendit que le calme fût revenu pour quitter la chambre. L'ascenseur stationnait toujours à l'étage. Elle appuya sur le bouton du sous-sol en espérant ne pas croiser un employé dans ce déguisement. Il ne comprendrait certainement pas ce changement subit. Elle monta en vitesse dans sa Citroën C1 et quitta le garage de l'hôtel.

Elle arriva au pub un peu avant 21 h 00. Elle dédaigna la convoitise des hommes au comptoir et alla s'asseoir à la seule table de libre dans le fond de la salle.

Regard circulaire.

Elle reconnut deux personnes parmi les clients. Leur discussion était très animée. Il fallait qu'elle sache. Elle souhaitait s'immiscer dans leur conversation et ne savait comment y parvenir. Elle pria le ciel afin qu'il lui vienne en aide. Faveur exaucée. Ce fut le nouveau barman qui lui donna satisfaction.

- Moins fort, vous autres, on entend que vous.

- On parle de Whillembad, répondit Manuel Schmitt, reconnaissable à son excentricité.

- Et alors ?

- Les journalistes en disent peu sur le journal. Tu sais quelque chose, toi ?

- Pas plus que vous. L'enterrement sera demain à 15 h 00 au cimetière de Troyes.

- O'Connors ? Il sera là demain soir ?

- C'est prévu. Il n'y a rien de changé.

- On aura donc des nouvelles fraîches par son ami. Il nous racontera, assura Will Ferry à son acolyte.

Ils continuèrent à discourir posément.

Kelly Travers était aux anges. Elle avait appris l'essentiel.

Inutile de gâcher la soirée, décida-t-elle. Le barman de vendredi assurera le service demain. C'est lui qu'il faut faire parler. Tu peux aller t'éclater, Kelly, dans cette boîte repérée lors de la visite touristique avec les grands-mères. Je t'octroie une luxure d'enfer. Laissons libre court au libertinage car, demain, moi aussi, je serai en deuil.

Un sourire cynique se figea sur ses lèvres.

CHAPITRE VII

Jeudi 1er septembre.

8 h 00.
Commissariat central.
Le lieutenant Morgane Duharec boudait depuis qu'elle avait quitté Sainte Savine. Je suis ridicule dans ces fringues, s'était-elle plainte pour changer de tenue. Un " mais non " peu convaincant amorçait par le commandant Dorman ne lui avait pas redonné le sourire. Elle écoutait son patron en détaillant le carrelage de la petite cuisine VIP.

- Le déroulement de la journée va s'opérer en deux phases, avant et après le cimetière. Notre meurtrier aura peut-être l'envie de se mêler à la foule, histoire de vérifier que le type est bien mort, enseveli sous un monceau de terre. Nous savons tous qu'un criminel revient souvent sur les lieux de son forfait.

- La tombe n'est pas la baraque, contra Mathieu en posant son mug.

- Non, mais je mise sur la curiosité malsaine du meurtrier.

- Ou bien d'une meurtrière, compléta Piot.

- Bonne remarque, brigadier, encouragea Dorman, seulement, au moment où je vous parle, nos suspects sont des hommes : Pierre Rossi, Charles de la Mitonière, Alain Dutour et Yves Tassiéro. Nous terminons nos investigations avant de passer au sexe féminin.

- Et ils ont tous les quatre des mobiles solides, compléta Duharec en levant la tête.

- Exact. Récapitulons et essayons d'avancer. Rossi ne supportait plus d'être surveillé. Il trafique de la came. Le fichier nous a fourni l'identité du gamin filmé hier par Piot. Il avait déjà été pincé pour un deal de cannabis. Il faudra joindre les stups.

- Je m'en occupe, se dévoua Duharec qui espérait ainsi se dérober de la mission enterrement afin de se changer.

- Ensuite, nous avons les sans-le-sou de Vermillon.

- Tuer de sang-froid pour 5 000 euros, s'étonna Piot.

- On a vu des préméditations pour moins que ça, opina Mathieu.

- La peur fait sortir le loup du bois et un homme apeuré peut commettre l'irréparable, expliqua Dorman à l'attention du brigadier. Il ne se raisonne plus. L'homme, que ce soit l'ex beau-frère ou l'ex mari, a pu se sentir traqué par le détective et passer à l'acte. Un enlèvement d'enfant peut aller chercher jusqu'à vingt ans s'il y a en plus de la séquestration des blessures. Sur le Web, vous trouvez des pleines pages de condamnation. Les juges ne rigolent pas avec ce genre d'infraction. C'est un bon mobile. Ensuite, il nous reste Yves Tassiéro à la double personnalité : gentil de face, pervers de dos. J'ai consulté son emploi du temps. Il travaillait cette nuit. Il sera donc chez lui ce matin, en théorie. On va aller toquer à sa porte dans la matinée. Nous allons le prendre en flag au saut du lit. Nous verrons bien avec qui il partage sa couche. Être accusé de pédophilie est aussi un motif valable pour tuer l'empêcheur de tourner en rond.

- Pour en revenir au début, chef, interrompit Duharec. Qui fait quoi ?

Elle restait sur son idée fixe : esquiver le " 15 h 00 ".

- Je dois finir les canassons, répliqua Mathieu.

- L'uniforme de Piot le raye du cimetière, annonça Dorman. Il a trop été vu. Vous pouvez vous charger des Dutour, Piot et, selon vos résultats et ceux du lieutenant, retourner voir la mère de la gosse. Il faudra aussi se dégager cinq minutes pour la visite à Manuela Rossi. Je parierai qu'elle va nous ouvrir en grand les portes de sa villa pour faire tomber son mari.

- Cela nous fait de nombreux " faudra et aussi ", constata Duharec. Est-ce que je fais équipe avec vous, patron ?

- Affirmatif. Je me renseigne auprès de Leblanc au sujet de la Digoxine en comprimés et je vous rejoins à la voiture.

Duharec entra les coordonnées de Tassiéro dans le GPS, secoua son chemisier noir imposé par le chef au réveil et lissa son pantalon noirâtre aux rayures violettes. Le commandant avait souhaité qu'elle se fondât dans le décor comme lui, tout de gris vêtu, mais elle avait exigé une once de teinte colorée dans sa tenue vestimentaire du jour. Elle qui ne s'habillait qu'en arc-en-ciel ressentait un véritable supplice de se promener dans la rue avec ces frusques sombres. Elle se plaignait depuis les aurores de cette torture imposée.

- Alors, demanda-t-elle lorsque Dorman s'installa sur le siège conducteur.

- Le produit est le même mais les prescriptions en ville ne sont qu'en prise orale, des comprimés pour les adultes, une solution buvable pour les enfants. Il ne voit pas pourquoi le toubib lui aurait changé un jour la prescription et lui aurait inscrit un flacon pour voie veineuse sur son ordonnance. Ce n'est pas justifié dans un traitement à domicile.

- Soudoyer le médecin ?

- Et être rayé de l'ordre par l'application de l'article 21 du code de la santé publique. C'est une grosse prise de risque pour le diplômé sauf s'il existe une coaction. Dans ce cas, quel serait le motif ?

- Effectivement, pas simple, surtout si on ajoute la profession de Tassiéro. On a donc deux meurtriers potentiels qui se détachent sur le podium.

- À creuser.

9 h 15.

Les deux D regardèrent le bâtiment sinistre de dix étages.

Une façade d'un beige sale, des volets roulants marron foncé, une rangée de balcons étroits.

— Les architectes appellent ça une résidence, s'offusqua Duharec. Je dirais plutôt une mauvaise rénovation d'un HLM de 1970.
— Impersonnel. Le voisin ne risque pas de vous guetter. Chacun chez soi.
— Et libre d'accès. L'équipe de nettoyage a laissé la porte automatique ouverte pour laisser sécher le hall d'entrée. Marchons sur le bord. Quel étage ?
Dorman chercha le nom sur les boîtes aux lettres.
— Premier.
— Grimpons. L'ascenseur est occupé.
La vingtaine de marches essouffla le commandant. Il se reposa sur le palier pendant que sa collègue insistait lourdement sur la sonnette.
— Il pionce.
— Il y a des chances.
Elle tambourina contre la porte jusqu'à se bleuir les phalanges. Enfin, cette dernière s'entrebâilla.
Monsieur Yves Tassiéro se tenait devant les policiers le cheveu hirsute, les paupières gonflées de sommeil et l'œil vitreux de celui qui n'a pas assez dormi. Il avait enfilé un caleçon rose imprimé d'étoiles qui fit sourire la jeune femme.
Pour un homme de cinquante balais, il y va fort, pensa Duharec en entrant. Voici donc le fameux trois-pièces de Madame Parmentier.
Afin d'amadouer le locataire des lieux, Dorman éluda les formalités d'usage. Il invoqua une plainte administrative nécessitant l'intrusion dans sa vie privée. La police devait constater pour clore l'affaire.
Une sculpture phallique mise en évidence sur une commode, dans le séjour, attira l'attention du commandant. Yves Tassiéro cita le nom d'un artiste américain, précisant que celle-ci était une copie en résine, n'ayant pas les moyens de s'offrir l'original. Dorman s'approcha de l'objet et aperçut un DVD à

côté de l'œuvre. Il le prit et le tendit à son propriétaire, lui mettant sous le nez la photographie du boîtier.
- Pornographie masculine.
- Un passe-temps. Je vis seul.
- Dans ce grand appartement ?
- Oui.
- Commandé sur internet ?
- Non, acheté dans un sex-shop l'an passé.

Duharec comprit, qu'à ce stade du dialogue anodin, l'interrogatoire était en train de leur échapper.

Le séjour est clean, se dit-elle. Ie DVD n'est pas un indice compromettant. On a intérêt à trouver quelque chose de plus percutant ou bien on s'avoue vaincu, avec le chef, et retour à la maison, fin de la partie.

Elle remarqua que Tassiéro regardait souvent vers le fauteuil à bascule devant la baie vitrée. Il avait tendance à fixer un livre posé dessus. Elle fit signe à Dorman qui s'en empara. Tassiéro devint livide. Le commandant ouvrit le bouquin et le montra au lecteur. Le visuel qu'avait vu Marguerite Parmentier servait de marque-page.

Il a dû avoir peur de le garder sur lui après l'incident, déduisit Duharec.

- Vous pouvez m'expliquer ? demanda Dorman sur un ton cassant.
- C'est un souvenir de vacances.
- Qui est-ce ?

L'homme bafouillait.

- Je ne sais plus. Quelqu'un m'a donné la photo sur une plage de nudistes, en Espagne, il y a quatre ou cinq ans. Je ne me rappelle plus le nom du bord de mer.

Le neveu est passé à la trappe, constata Duharec.

- C'est une attitude perverse, vous ne trouvez pas ?

Le commandant cherchait à confondre son interlocuteur. Il rusait aux travers de propos induits.

- Les enfants sont très en avance sur la sexualité de nos jours, justifia Tassiéro, et là-bas encore plus que chez nous. Les jeux des garçons et des filles sont très érotiques. Ils jouent avec leur sexe. Ils le pincent, l'étirent, le mesurent...
- Ils se branlent, lâcha Dorman qui avait repéré un gonflement dans le caleçon rien qu'à l'évocation de l'image. Il avait émoussé l'intérêt de l'aide-soignant qui était indéniablement le protagoniste.
- Exactement, approuva Tassiéro. Ils tentent les adultes avec leurs jeux innocents.

Une aigreur de café acide remonta d'un coup dans la gorge du commandant. Il crut vomir de dégoût.
- Bien, bien, émit Dorman en se jurant de le coincer. Pour revenir au motif de ma visite, votre propriétaire aurait eu vent de tapage nocturne samedi en huit.

Il déconne, le chef, s'étonna Duharec. Cette invention va nous conduire dans une impasse.
- Je venais d'emménager. J'avais des invités. Nous avons dû être bruyants ce soir-là. Les cloisons ne sont pas épaisses. J'entends les voisins du dessus et vice versa.

Coup de bol, pensa Duharec.
- Nombreux, les invités ?
- Une dizaine avec les mômes. Les gosses se sont amusés dans la chambre d'amis à la fin du repas. Ils devaient parler fort, raconta Tassiéro sur un ton suave.
- Cela doit être ça. Pouvons-nous voir la chambre ?
- Bien sûr. Suivez-moi.

Coup d'œil sur celle de Tassiéro en passant. Le lit était défait, les rideaux tirés, du linge par terre, le sien. Décevant.

En ce qui concernait l'autre, la literie consistait à un drap-housse recouvrant un lit double. Il manquait le reste : oreillers, traversin, drap de dessus. En guise de meubles, Dorman nota deux chevets de part et d'autre du lit et une table avec un ordinateur posé dessus. Il n'osa pas ouvrir l'armoire coulissante. Ce décor, il ne le connaissait que trop bien. L'impression de lupanar lui suffisait. Une sodomie, voire une fellation, les deux actes étaient récompensés par des achats sur internet. Voilà à quoi devait servir l'ordinateur, et les retraits aux distributeurs de billets de banque, un bonus dans le slip des garçons. Il était écœuré. L'aigreur refit surface et son envie de partir aussi.

Si je m'attarde encore, pensa Dorman, je l'assomme avec sa sculpture.

Ils quittèrent les lieux sous le regard soulagé de Monsieur Yves Tassiéro.

- Nous allons transformer les soupçons en preuves, Duharec, ragea Dorman en conduisant. Ce pervers cumule les talents de voyeur et de pédéraste. On file direct à l'unique sex-shop de la ville. Nous avons intérêt à taper.

11 h 20.

Le commandant se gara sur le trottoir et alluma les warnings. Il ne fallait pas l'asticoter. Il en avait après la terre entière. Il pestait contre la société qui engendrait la débauche, la prostitution infantile, le commerce du sexe pour quelques euros dans tous les recoins de la planète. Il se demanda si, à la préhistoire, il en était de même, une désastreuse fornication.

Jacques Fortini resta médusé face au commandant dont il avait ressenti l'énervement rien qu'à l'avoir vu franchir le seuil de sa boutique un cahier à la main. Il se tint sur ses gardes, prêt à dégainer des arguments inattaquables. Certes, il était en règle avec le fisc mais il savait parfaitement qu'il nageait en eaux troubles. Dans les profondeurs de son commerce, il vendait des objets illicites qu'il se procurait sur internet via le réseau d'origine asiatique pour une clientèle triée sur le volet. Il n'éprouvait pas de culpabilité à revendre ce genre de produits, n'étant pas concerné directement par cette engeance corrompue.

Après tout, se disait-il lorsqu'il recevait les commandes, j'achète, je vends, point barre. Je procure ce que les gens me réclament. Si je n'avais pas la demande, je ne chercherai pas l'offre pour les satisfaire. Avoir un intermédiaire arrange bien leurs petites affaires, à ces dépravés.

- Tiens donc ! Nous sommes en pays de connaissances, lança Dorman en dévisageant le neveu de Rossi habillé à l'identique de la veille au soir sauf que le tee-shirt à la tête de chien avait été remplacé par une tête de singe. C'est donc là votre usine à sexe.

- Pas de concurrence aux alentours et pas besoin d'avoir suivi les hautes études commerciales. Un peu de jugeote et de doigté suffisent à orienter le client dans la réalisation de ses désirs. Je suis achalandé dans de nombreux domaines. Constatez de visu, commandant. Dites-moi, vous n'y allez pas un peu fort de stationner là ? sonda Jacques Fortini qui tentait de faire diversion.

- Non, la voiture ne gêne pas et les collègues la reconnaîtront. Qu'est-ce que nous avons sur les étagères, lieutenant ?

- Un mélange de sex-toys, côtoyant des DVD et des bouquins qui, eux-mêmes, côtoient des pommades, des gels, des boîtes de pilules. Un véritable bric-à-brac destiné à la luxure.

- Vous êtes venu faire un inventaire, commandant ? ironisa Fortini.

- On va dire ça. Un nommé Tassiéro achète ici des films pornographiques. Le dernier date du début du mois. Vous mettez un nom sur le visage ?

Jacques Fortini ne comprenait pas la tournure de la visite. Bien sûr qu'il se souvenait de la personne. Il ne risquait pas d'oublier le fidèle acheteur friand de nouveautés.

- Il vient chez moi de temps en temps.
- À quel rythme ?
- Je ne comptabilise pas les achats en fonction des visages.
- Ne me prenez pas pour un con. Aujourd'hui, je ne suis pas d'humeur, Fortini. De quel genre, les films ?
- Je dirais à iconographie masculine.
- Homosexuel ?

- Ouais.
- Jeunes ?
- Ça dépend du réalisateur. En règle générale, la production ne filme pas souvent les vieux ou alors ils font plutôt office de figurants. Elle doit être raide pour que le spectateur bande. Une molle et fripée, ce n'est pas bandant donc pas vendeur.
- Et des films avec mineurs, est-ce que vous lui en vendez, à Tassiéro ?

Minute d'interrogation dans le cerveau de Fortini. Dorman commençait sérieusement à l'emmerder avec ses questions.

- Il y a des sites où on peut en trouver. Je file les adresses, pour dépanner, à ceux qui les réclament.
- Et vous allez aussi me les donner, ordonna Dorman en ouvrant son cahier noir, cherchant une feuille vierge.

Fortini s'abstint de hurler à la figure du policier le commentaire qui lui brûlait les lèvres. Il trouvait le commandant bizarre depuis le début de l'entretien. Il étudia son comportement tout en farfouillant dans le tiroir-caisse. Il finit par extirper un bristol. Il attrapa son paquet de tabac et entreprit de se rouler une cigarette tout en lisant patiemment les différentes adresses numériques. La bouffée aspirée l'aida à se calmer.

Dorman notait consciencieusement, allant à la ligne à chaque nouveau nom. Il jouait avec les nerfs du neveu, soufflant le chaud et le froid. Celui-ci ne craquait pas, il tenait bon. Il avait besoin d'un motif valable pour fouiller le sex-shop. Il abattit sa dernière carte. Il bluffa.

- Derrière le rideau que je vois au fond, qu'y a-t-il ?
- La réserve, les toilettes, deux cabines et de quoi se restaurer.
- On peut voir ?
- Aucun problème. Je vous précède dans l'escalier. Attention aux marches. Je n'aimerais pas que vous vous cassiez la gueule chez moi.

Dorman descendit dans l'antre d'une ancienne cave voûtée tandis que Duharec demeurait à l'étage pour surveiller le magasin. Il y avait effectivement deux cabines permettant de visionner des films à la demande. Une sorte d'alcôve débouchait sur les toilettes. Un réduit abritait un réfrigérateur top avec un four à micro-ondes posé dessus et des cartons qui s'entassaient. Une partie de ces boîtes aux différents volumes était coincée sous l'évier tandis que l'autre partie formait une pile à l'équilibre instable.

- Cela ne vous dérangera pas si je furète dans ce monticule ? insista sournoisement le commandant. Je ne risque pas de tomber sur quelque chose de non réglementaire, n'est-ce pas ?

- Pas le moins du monde. Je vais même vous y aider. Je monterai du stock pour le week-end.

Dorman manqua s'étrangler avec sa salive en entendant la réponse.

Mauvais signe, pensa-t-il.

Un quart d'heure après, les deux D étaient dehors.

- Merde ! fulmina Dorman. J'aurais juré trouver des preuves pour le coffrer. Je n'en aurais pas mis ma main au feu. Une fouille pour rien.

- Deuxième hypothèse, émit Duharec pour réconforter son patron, les expéditions arrivent incognito, il planque le matos et livre au coup par coup après la réception.

- Dans ce cas, il va nous falloir éplucher les e-mails et les SMS.

- De la pêche au large.

- Très large, le filet, lieutenant. C'est Mathieu qui ne va pas être content. Il s'épuise les yeux sur les listings depuis lundi.

- Je vous le concède. Je prends sa place, suggéra Duharec.

La Bretonne était têtue.

- Absolument pas. Vous et moi, à l'enterrement. J can read you like a book et j'ai besoin de votre acuité visuelle. Partons rejoindre les autres.

13 h 30.

Heure du café, de la détente, des bavardages et des idées lumineuses.

- Les comptes bancaires frôlent le rouge chaque fin de mois chez les Dutour, déclara Piot.

- Alarmant ?

- Non. La banque confirme la possession d'un petit matelas personnel qui permet au couple de tenir. Il existe des virements d'un livret vers le compte courant professionnel de Monsieur qu'il rebascule dès qu'il donne un chèque à l'encaissement. Il n'a pas beaucoup de frais car il travaille de chez lui. Il n'a pas de local commercial et Madame se sert du compte commun approvisionné par Monsieur pour les besoins domestiques. Alain Dutour l'alimente régulièrement. Selon le banquier, un petit compte, un couple prudent, sans crédit.

- Bon. Et le frère, Mathieu ?

- Qui se ressemble, s'assemble, comme dit le proverbe. Identique à la sœur. Des découverts recouvrés rapidement, et ses alibis se confirment. Les voyages concordent avec les dépenses. Je n'ai pas de suspicion à son égard, désolé.

- Ne le soyez pas, Mathieu. Vous repartirez avec Piot chez Vermillon en fin d'après-midi. Élargissez les recherches, y compris au voisinage si vous le sentez. Vous avez mon approbation.

- OK.

- Auparavant, je vous charge de téléphoner aux mœurs pour ces sites, dit-il en leur confiant les références de Fortini sur le Web. La fouille du magasin a capoté.

- Dommage, lâcha Piot.

- Je ne vous le fais pas dire, brigadier. J'aurais aimé l'inculper avec Tassiéro mais l'homme semble clean. À voir sur le darknet avec les collègues de la brigade informatique. Puisque les missions sont calées, nous, on file au cimetière, précisa-t-il en regardant Duharec. Si nous avons du temps de libre avant 18 h 00, nous passerons chez Rossi, sinon, ce sera vous. Je vous tiens au courant. On se retrouve dans les locaux à 18 h 30.

15 h 00.
Les deux D fermaient la marche du convoi funèbre. Sous la chaleur écrasante de ce premier jour de septembre, la tenue noire du lieutenant collait à sa peau moite. Elle suait à grosses gouttes sur le chemin gravillonné qui amenait à la concession. Il était facile de repérer non seulement les parents de Whillembad encadrés par O'Connors, mais aussi Manuel Schmitt et Will Ferry qui s'étaient déplacés par respect pour cette connaissance de pilier de bar parce qu'ils se doutaient qu'il y aurait peu de monde.

Une dizaine de mètres en arrière, une femme suivait les sept personnes. Elle tenait serré contre elle une plante verte aux larges feuilles. Le feuillage était si dense qu'il lui cachait une partie des traits.

Kelly Travers s'arrêta devant un caveau en granite rose, une allée avant celle du mort. La hauteur de la sépulture dissimulait sa silhouette. C'était un point d'observation idéal. Malgré l'enfilade de pierres tombales, elle nota la présence du barman ainsi que celle des deux habitués du pub. Elle conclut que les deux personnes se trouvant face au cercueil devaient être la famille. Quelles étaient alors les deux autres ? Elle se renseignerait ce soir. L'important était d'avoir quantifié la popularité de Whillembad. Le nombre de visiteurs, ne dépassant pas celui de ses doigts, anéantissait son appréhension. Elle ne craignait plus d'avoir été vue. Le monde ignorait le détective.

Elle continua à nettoyer la tombe en enlevant les feuilles sèches coincées sur la croix en bronze pendant que la cérémonie s'achevait. Les employés des pompes funèbres étaient en train d'enrouler les cordes. De là où elle se trouvait, Kelly Travers pouvait voir le ballet rythmé de ces hommes de l'ombre, discrets et respectueux envers le chagrin des autres.

Elle ôta un pot de fleurs dont elle ignorait le nom latin pour poser le sien à sa place. Elle baissa la tête en apercevant le groupe des cinq qui marchait vers elle, attrapa l'arrosoir de la tombe voisine et partit en direction du robinet le plus proche. Malgré le bruit de l'eau, un seul mot la fit blêmir. La jeune femme avait appelé l'homme à côté d'elle commandant. Elle manqua lâcher l'arrosoir et renverser le contenu sur ses chaussures. Son pouls s'emballa. Elle attendit d'être remise de ses émotions pour revenir surveiller O'Connors et les parents. Voyant que la mère s'attardait à disposer les gerbes sur les mottes, le père à ses côtés, elle tourna les talons et fonça vers le parking, persuadée, maintenant, que la police avait ignoré sa présence. Étaient garés en plein soleil sa C1 et un autre véhicule qu'elle supposa appartenir au barman. Bien qu'elle fût en partie rassurée, elle manquait d'air. Elle démarra fenêtres grandes ouvertes.

18 h 00.
Dorman scrutait les passagers en provenance de Pontarlier sur sa gauche.
- Le voilà, annonça Duharec, ayant vu la première, Monsieur William Jefferson. Il descend du wagon en queue du train.
Elle appréciait l'ami de son chef, devenu le sien à force de le fréquenter.
Dans sa chemise jaune paille Ralph Lauren, son jean marine Levi's et ses derbys Weston, il marchait vers eux sur le quai, tirant une valise Samsonite à roulettes avec l'élégance d'un mannequin lors d'un défilé de mode.
Un homme sportif, tel était celui qui avançait à grandes enjambées.
Un homme grand, mince, célibataire, 41 ans, passionné par les montres luxueuses qui lui coûtaient un salaire par an.
Accolades.
Embrassades.

Duharec respecta la complicité des deux hommes et leurs confidences, et s'instaura d'office le chauffeur de ces Messieurs. Le rétroviseur latéral lui renvoya le faciès radieux de son chef.

Il écourtera la réunion de 18 h 30, pensa-t-elle en entrant dans le commissariat. Tant mieux, nous allons bénéficier d'une pause dans le stress du patron.

Le nouvel arrivant reçu un accueil chaleureux par l'équipe quasiment complète. Il ne lui restait plus qu'à rencontrer son homologue, le médecin légiste Pierre Leblanc. En attendant, ne sachant comment s'occuper, William Jefferson assista au rapide compte rendu de la journée.

Le capitaine des stups, Marc Gillet, avait confirmé l'identification du jeune. Il le convoquerait demain de manière informelle en l'interpellant dans la rue. Duharec se proposa en tant que volontaire pour assister à l'entrevue dans les locaux de l'autre brigade. Elle serait leur lien.

Le dossier concernant l'enlèvement de la petite, Mademoiselle Cécile Vermillon, s'étoffait dans un flou familial. La mère avait communiqué les coordonnées de la famille éloignée, oncles, tantes, cousins, cousines, aussi bien du côté paternel que du côté maternel, de quoi être perdu dans ce labyrinthe. Piot avait transcrit sous la dictée en réalisant, au fur et à mesure, que le lieutenant Mathieu rayerait de la liste plusieurs noms, en particulier les individus domiciliés à des centaines de kilomètres de Troyes. Il réduirait la loufoquerie Vermillon à une énumération réaliste.

Après cette constatation, il restait à traiter le cas de Tassiéro lié à Fortini. Dorman n'envisageait pas une sortie glorieuse de cette mélasse. L'équipe s'engluait en se dispersant tous azimuts sans rien récolter. Le mort était enterré et son assassin courrait toujours dans la nature.

Agir avec lucidité, concéda le commandant, résigné à abandonner le trafic pédophile à Clément Lemaître, commandant au service des mœurs.

Les trois équipes travailleraient ensemble ce qui les soulagerait momentanément.
- Contredis-moi si je me trompe, dit Jefferson en s'installant chez les deux D. Vous avez des mobiles et pas d'indice.
- Tu as deviné. Je louvoie dans le brouillard des incertitudes.
- Soit franc, tu es dans la merde jusqu'au cou.
- He knows his job.
- Depuis quand parles-tu anglais, toi ?
- Retour des vacances, répondit Duharec en sortant les pizzas du congélateur et les bières du frigo.
- Je perdure l'apprentissage de la langue, sans vous contrarier, lieutenant. Je pratique le vocabulaire oralement et non sur un calepin.
- J'ai acheté un dictionnaire, précisa Duharec.
- À chacun sa méthode, elles se valent toutes, conclut Jefferson. Racontez-moi donc ces foutues vacances et je vous parlerai du pays ensuite.

19 h 30.
Pas de pizza au menu de ce soir à l'Irish Pub.
Kelly Travers était attentive aux paroles prononcées autour d'elle pendant qu'elle mangeait une spécialité écossaise : une salade mixte à l'huile d'olive citronnée comprenant des haricots rouges, du quinoa, de la mâche, des graines de pavot, des brins de coriandre haché et des morceaux de hareng fumé. Elle accompagnait son plat avec un verre de Chablis, du blanc sec, au lieu de sa Guiness Foreign Extra Stout, sa bière Irlandaise préférée, une entorse à sa nation. L'acidité de l'assaisonnement maintenait ses sens aux aguets. Elle clignait des yeux avec le piquant de cette sauce. Elle remédia à l'envie de se les frotter. Elle craignait de perdre une lentille avec un frottement intempestif, ce qui aurait eu la fâcheuse et malencontreuse conséquence de dévoiler aux buveurs la réelle cou-

leur de ses iris. Malgré la gêne occasionnée, elle identifia clairement les parents du détective lorsqu'ils poussèrent la porte d'entrée du pub. O'Connors quitta son comptoir pour venir à leur rencontre. Délaissant les consommateurs, il s'installa auprès d'eux sur une des banquettes.

Kelly Travers changea de position. Elle dégagea ses oreilles en coinçant quelques mèches de sa perruque derrière ses pavillons. Elle croyait pouvoir ainsi favoriser la réception des ondes sonores du trio.

Peine perdue, constata - elle. L'acoustique est nulle avec ce brouhaha ambiant. Pas moyen de les entendre, je suis trop loin.

Elle se leva et se dirigea vers les toilettes, zigzagant entre les tables pour venir frôler celle de la famille Whillembad. Elle capta des bribes de phrases insignifiantes au passage. En regagnant sa place, elle eut plus de chance. O'Connors servait leurs consommations, évoquant avec eux l'évolution urbaine de leur quartier anglais. Les souvenirs affluaient aussi dans la mémoire de Kelly Travers, des bons et des moins bons jusqu'à en devenir insupportables. Elle devait savoir de quoi il retournait exactement. Un doute subsistait. Elle patienta en finissant son assiette et en terminant son verre, le regard rivé sur le barman. Elle ne se déroba pas. Elle l'aguicha ouvertement en croisant ses jambes et gonflant la poitrine. Elle se caressa la cuisse pour faire tomber une miette imaginaire. Au comportement d'O'Connors, elle sut que le barman était à sa merci. Il avait mordu à l'hameçon. Il suffisait de mouliner pour le ramener dans son giron. Elle minauda en réclamant sa Guiness préférée, vantant les charmes de l'Irlande, sa soi-disant terre natale qui n'en était pas une.

J'aurais dû acheter la perruque rousse, teinte représentative des autochtones, se dit-elle à cet instant. J'aurais été plus crédible.

Kelly Travers n'était pas dupe. O'Connors se moquait de ses origines. Il voyait en elle l'opportunité de s'envoyer en l'air avec un brin de fille pas trop mal foutue. Elle accéda au désir du mâle en lui promettant d'assister au concert du lendemain. La glace était rompue. Le reste allait fondre sous son emprise diabolique dans la soirée. Il lui parlerait.

Le vendredi, à deux heures du matin, lorsqu'elle jeta son sac à main sur les draps, Kelly Travers eut l'intime conviction d'avoir atteint le bout du bout du bout. Sa quête prenait fin.

CHAPITRE VIII

Vendredi 2 septembre.

8 h 43.
Mathieu ne rigolait pas ce matin. Il se massait les tempes avec la ferme intention d'atténuer la migraine qui s'était installée depuis son réveil. Le brigadier Piot, ayant eu pitié de son état, avait foncé à la pharmacie contre son accord. Il lui tendit un verre d'eau dans lequel fondait un antalgique. Le cachet effervescent émettait un sifflement qui résonnait dans le crâne du lieutenant. Les bulles éclataient à la surface de l'eau sans que Mathieu daignât les regarder. Improvisé infirmier, Piot obligea son coéquipier à boire le breuvage qui était censé, au mieux stopper le mal dans son élan, au pire atténuer l'orchestre qui jouait dans son cerveau cette symphonie disgracieuse car ce dernier n'arrivait plus à aligner deux idées.

La connexion neuronale était hors circuit avec ce brouillard migraineux qui avait envahi l'espace méningé du policier. La sensation d'être déconnecté du monde réel avait remplacé sa clairvoyance légendaire d'un Mathieu qui n'aimait pas du tout montrer la diminution de ses facultés mentales en public. Malgré cette difficulté matinale, ce dernier essayait d'assurer car le binôme lieutenant brigadier devait bisser l'ordre du commandant coûte que coûte. Il en allait de son orgueil. Il fallait qu'il soit opérationnel.

Autre liste, autres noms, autre galère.

L'éternel recommencement pesait sur leurs épaules. À croire qu'ils n'en finiraient jamais. À chaque ligne rayée surgissait la suivante.

- Un enfer sur terre, râla Mathieu en avalant le médicament.
Il fit la grimace.

- Vous devriez secouer afin de dissoudre ce qui reste au fond du verre, conseilla Piot qui ne sut si la mimique lui était destinée ou bien si elle était la triste conséquence des maux subis par son coéquipier.
- Inutile, il y a toujours des bulles.
- Ce que je dis, c'est pour vous aider à vous rétablir plus rapidement.
- Je sais mais je ne suis pas un gosse. Ce mal de crâne passera comme il est venu.
- Je me doute que vous avez dû endurer des maux intenses depuis que vous êtes entré dans la police. Ce n'est pas facile tous les jours.
- Ce n'est jamais facile, Piot, et aujourd'hui, j'ai l'impression d'être un poisson dans un bocal en train de tourner en rond à tenter de résoudre des problèmes insolubles, de trouver des solutions à ces problèmes de merde qui sont créés par l'incompétence d'autrui.

Le brigadier s'enferma aussitôt dans un mutisme total. L'allusion était tranchante. Elle s'adressait au patron qu'il vénérait. Il alla s'asseoir en bout de table avec une colère sourde. Attrapant des papiers, il continua sa besogne, enfouissant en son for intérieur la véhémence qui ne demandait qu'à s'exprimer.

La chose est bien connue, les absents ont toujours tort, pensa Piot en gardant la tête baissée.

On aurait entendu voler une mouche dans la pièce.

- Ils reviennent vers quelle heure, déjà ? demanda Mathieu un quart d'heure après, cherchant un prétexte pour engager de nouveau la conversation sur un terrain moins glissant.

Il n'avait pas l'intention de s'excuser. Sa remarque ne concernait pas son collègue désigné d'office par leur chef.

- En fin de matinée, je crois, répondit Piot qui se décida à lever le nez des feuilles.
- Alors, on ne se fie pas à leurs horaires. On termine en vitesse et on file avant d'avoir encore une de ces maudites

listes à vérifier. Après les canassons et l'arbre généalogique, je n'ai pas envie de me farcir les comptes courants de ces messieurs dames. Le travail de bureaucratie, j'en ai ma claque.

- J'ai fini de mon côté. J'ai restreint le nombre à cent bornes comme vous le souhaitiez, lieutenant.

- Tant mieux. Combien nous reste-t-il de noms sur la liste Vermillon ?

- Six, quatre dans l'agglomération et deux en ruralité.

- Parfait. On débutera par la campagne. Fuyons le bruit de la ville. La migraine commence à peine à diminuer en intensité, grâce à votre cachet, je dois le reconnaître. On reviendra quand on reviendra et ne décrochez pas dans la bagnole, Piot, ce putain de téléphone. Que le central sollicite les autres. Les corvées se partagent aussi.

- Comme vous voulez. C'est vous le chef lorsque nous œuvrons ensemble. Vous êtes le gradé.

Mathieu esquissa un sourire satisfait.

Il comprend à qui il a à faire, pensa-t-il en endossant un blouson léger en fine fleur de peau d'agneau. L'autorité, il n'y a que cela de vrai.

Le lieutenant sortit de son bureau avec l'assurance d'être né pour commander.

Dès que j'aurais réussi l'examen de capitaine, échafaudait-il, j'enclenche celui de commandant, je poursuis sur la lancée avec celui de commissaire, ajouté à cela une bonne dose d'ambition et me voilà promu commissaire divisionnaire. Un Q I supérieur à la normale élève son homme, et je le proclame. Imaginons un instant que Dorman soit sous mes ordres dans l'échelle de la hiérarchie. Quelle ironie du sort ! Ne soyons pas idiots, il est trop vieux, il sera retraité. Que c'est dommage ! Le doux rêve s'évanouit à peine est-il évoqué.

Piot se demanda ce que son collègue était en train de manigancer à le voir soudain si joyeux. Perplexe, il haussa les épaules en le suivant. Il attribua le fait au soulagement migraineux.

8 h 10.
Un drôle de couple arpentait le hall de la gare.

Une Morgane Duharec, en pantacourt rose, tee-shirt aux losanges alternés fuchsia et marine, blouson en jean corail et ballerines à bout rose, trop coquette pour une course-poursuite.

Un Marc Gillet, bel homme de quarante ans, divorcé, deux enfants, une barbe de trois jours taillée de près, des cheveux châtain foncé ondulés, jean droit à revers, chemisette bleu denim, parka en cuir noir et baskets montantes, allure décontractée de dandy.

Les deux policiers lisaient pour la huitième fois le panneau d'affichage des trains en partance.

- Il ne viendra pas, s'inquiéta Duharec.
- Mais si, ma belle. L'équipe l'a dans le viseur depuis un moment. Il récupère la marchandise et il met les voiles. À nous d'être vigilants. On a l'identité du fournisseur donné par les gendarmes. Petit trafic, petit réseau. Avec lui en flag, on boucle l'affaire. Tiens, qu'est-ce que je te disais. Ponctuel à la seconde près. On peut laisser filer le camion. Nous savons à qui il appartient.
- Du lourd ?
- Tu rigoles ! Du menu fretin, des rigolos qui font pousser du cannabis dans un champ de maïs qu'ils beuglent pour se couvrir "sans OGM". Comme si nous ne sachions pas faire la différence entre un épi et une tête femelle de chanvre indien. Ils nous prennent pour des billes, dans l'Aube.
- Sans blague, un agri ?
- Eh oui, ma belle, nous avons une belle brochette de gangsters à la petite semaine. La culture n'est plus ce qu'elle était. Chacun arrondit ses fins de mois à sa manière. Allez, on le serre avant qu'il se soit débarrassé de la came.

Le capitaine Gillet courut plaquer les deux mains du jeune sur son guidon. Duharec coupa le moteur du scooter en exhibant sa carte devant Cyril Legros.

- Tu avais promis de rester tranquille, annonça Gillet. Il a fallu que tu remettes le couvert.
- Il faut bien vivre. L'hiver est long sans boulot.
- Tu vas l'expliquer au juge cette après-midi, il ne va pas aimer ton excuse. Je t'emmène au poste. Laisse l'engin ici. La fourrière passera le récupérer.
- Faîtes chier, les keufs.
- Sois poli devant la dame et baisse la tête, tu pourrais te cogner, dit Gillet en le poussant dans la voiture de police banalisée.

8 h 25.
- Mets-toi à table. Je te le conseille. En ce moment, la gendarmerie a certainement arrêté le camion de ton ami agriculteur. On veut juste la confirmation de tes acheteurs.
- Je ne parlerai pas sans un avocat.
- Commis d'office, je présume, comme la dernière fois.
- Ouais. Je n'ai pas le fric pour me payer un ténor du barreau, répondit le jeune de vingt ans en toisant le capitaine des stups. Vous avez saisi la marchandise. Je fais comment, moi, maintenant, pour assurer vis-à-vis du patron ?
- En cage, clama Gillet à un gardien de la paix qui passait dans le couloir. On se revoit dans cent vingt minutes, tu connais la musique.

Deux heures plus tard.
L'avocat n'était toujours pas là. L'interrogatoire était recevable par défaut. Marc Gillet et Morgane Duharec pouvaient commencer.

Cyril Legros s'agitait sur sa chaise. Il n'aimait pas la tournure des événements. Il avait les mains moites sans éprouver la sensation de transpirer. Il les essuya sur son sweater en considérant le gilet tel un vulgaire chiffon. Il rétrécissait sur le siège. Il se recroquevillait.

Mais qu'est-ce qu'il fout, s'angoissa-t-il.

— Souris, Legros, tu es filmé. On démarre. Il est 10 h 30, interrogatoire du dénommé Monsieur Cyril Legros. Première question, les noms des clients qui t'achètent le cannabis, ton herbe biologique ?
- De quoi parlez-vous ? Quelle herbe ? Je livre des paquets. Je ne suis qu'un modeste livreur.
- Ne fais pas le con. J'ai eu la gendarmerie en ligne. Ton pote l'agri a avoué. Il était surveillé depuis un moment. Il y avait des jeunes pousses dans un autre champ. Tu n'étais pas au courant des nouvelles plantations à ce que je vois. Alors ? Nous t'écoutons.
- Je les connais de vue. Leurs noms ne sont pas écrits sur leurs fronts.
- Joue pas au mariolle avec moi, je viens de te le dire. Tu es majeur, maintenant. La geôle, tu y auras droit. Il vaut mieux coopérer et adoucir ta peine. Obtempère, c'est mieux pour ton casier. Peu de ferme et du sursis, songes-y.
- Qu'est-ce que vous voulez savoir ?
- La livraison de Jacques Rossi, enchaîna Duharec.
- Ne connais pas.
- L'Irish Pub ?
- Ça, je connais. Un peu d'herbe pour la consommation perso.
- La quantité ?
- Ça dépend. 50 à 100 g.
- Semaine ou mois ?
- Semaine.
- Ce n'est plus de la consommation personnelle, amigos, reprit Gillet. Il achète et il revend, ton Rossi. Petit dealer, le gars.
- D'après ce que j'ai appris, l'agri, il mélange. Dans les sachets, il y a autant de fleurs que de feuilles pour peser plus lourd. Les gens fument n'importe quoi. Ils ne font pas la différence du moment qu'ils planent un peu. L'Aube, ce n'est pas les hauts plateaux.

- Ne dites plus un mot, interrompit Maître Mondolini. J'ai été prévenu trop tard pour remplacer le collègue débordé. Je demande à m'entretenir avec mon client.

- Vingt minutes dans la cage, pas plus. Faîtes nous signe pour revenir, dit Gillet sur un ton coopératif puisqu'il avait déjà recueilli les renseignements primordiaux en vue de l'inculpation.

Entretien rapide.

Reprise de l'interrogatoire avec l'avocat de trente ans en costume cravate et le jeune homme de vingt en salopette trouée.

L'affaire de Cyril Legros fut rondement menée par une équipe rodée à ce genre d'exercice. La comparution immédiate au tribunal fut prévue dans la foulée.

11 h 50.

Duharec sonna à l'interphone de Fortini Jacques.

Insulte murmurée.

Grogne.

Déclic d'ouverture.

Pierre Rossi avait pris position sur le seuil, bien décidé à les refouler. Il bloquait la porte avec la main gauche, prêt à leur claquer au nez ce morceau de bois défensif hautement sécurisé.

Pathétique, pensa Duharec. À mourir de rire s'il croit nous arrêter dans notre détermination.

Marc Gillet fit un pas en direction de l'étroit vestibule. L'affrontement était palpable. Il suffisait d'une étincelle pour embraser le capitaine qui jouait les gros durs devant sa coéquipière féminine. Depuis le temps qu'il enquêtait sur cette affaire, Marc Gillet désirait en finir aujourd'hui.

- Monsieur Rossi, comme on se retrouve. Je ne m'attendais pas à vous trouver ici, exprima Duharec afin de lui rafraîchir la mémoire.

- Histoire de divorce. Je crèche là où quelqu'un m'héberge. C'est sacré, la famille, on peut compter sur elle et s'y réfugier.

Mon neveu est compréhensif, il me soutient dans l'épreuve, lui. Et il me semble avoir évoqué la situation, déjà.

- Nous ne sommes pas là pour écouter tes jérémiades, Rossi, dit Gillet en s'appropriant le rôle du méchant flic, le tutoiement étant de rigueur afin de le contrarier. Ton livreur est dans nos locaux. Il est bavard, une vraie pipelette, ce jeune, et puisque tu meurs d'envie de savoir ce qu'il a débiné sur ton compte, tu vas gentiment nous laisser entrer.

- Je ne suis pas chez moi, je vous l'ai dit, et je ne vois pas de quoi vous voulez parler.

- Calme ton enthousiasme. On veut juste discuter un brin agriculture.

Rossi était songeur. Ignorer la supplique revenait à s'afficher coupable et coupable attirait les emmerdes. Il s'écarta pour les introduire dans l'appartement. Après tout, que risquait-il, il n'était pas chez lui.

Duharec masqua la surprise que lui procurèrent les poutres en chêne de l'ancienne charpente.

J'aurais pu imaginer trouver pareil décor puisque le logement est situé au dernier étage du vieil immeuble, pensa-t-elle.

L'architecte d'intérieur avait conservé la hauteur sous plafond ce qui avait permis l'ouverture de trois larges fenêtres, procurant ainsi une chaleureuse luminosité à la cuisine ouverte sur la salle à manger salon.

Rustique et moderne. L'association des oppositions stylistiques est réussie, remarqua le lieutenant. J'adore ! J'y ferais référence dans la recherche pour ma future maison.

Rossi s'accouda à l'une des chaises, contemplant son repas qui refroidissait dans l'assiette. Il avait horreur du réchauffé qui desséchait les aliments.

- N'attends pas le colis. Nous avons intercepté ta livraison de ce matin. De l'herbe bien sèche, dommage pour toi. C'était une fameuse récolte. Il s'était donné du mal à le faire pousser, ce chanvre, ton copain d'enfance l'agriculteur, le sieur Bertrand Durando. Adieu le tracteur. Nous autres, on ne laboure pas. On préfère la cueillette dans les champs mafieux.

- Je n'ai rien sur moi. Vous pouvez me fouiller, ajouta Rossi en défiant Gillet.

L'homme crânait, sûr de lui.

- Pas besoin. Nous avons ce qu'il nous faut pour t'inculper. Ton jeune collaborateur, très méticuleux, étiquetait les sachets avec les adresses et les noms des clients de peur de se tromper.

- Quel con !

- La prochaine fois embauche quelqu'un de plus savant.

Rossi sursauta.

- La sonnette, c'est pour nous. J'ai demandé du renfort. On va déranger un peu la bicoque, par principe, dans les règles avec l'accord du juge. La technologie a du bon, quand même, on va plus vite dans la paperasse.

Quarante minutes après, l'oncle de Fortini jubilait et tant pis pour l'assiette.

La fouille méticuleuse était un fiasco. Les policiers demeuraient bredouilles, ce que détestait la brigade des stups. Marc Gillet se sentait humilié en présence de Duharec.

Ce salopard est malin, réfléchissait-il en détaillant son adversaire, et plus il l'observait, plus il trouvait que quelque chose clochait. Il n'arrivait pas à comprendre ce qui l'agaçait dans son attitude et le dérangeait à ce point.

La soudaineté de la réponse frappa l'esprit du capitaine. L'énervement qui s'emparait de son corps était dû au bruit métallique du trousseau de clés que Rossi balançait en cadence. Il l'avait gardé dans sa main après leur avoir ouvert.

Une clé d'environ dix centimètres de long entrechoquait les autres en émettant un son pénible à entendre, très désagréable à son oreille de mélomane. Sa forme différente des autres avait troublé son attention. Elle avait la caractéristique de celle ouvrant les coffres-forts.

- Passe-moi le trousseau, ordonna Gilet.

- Pourquoi ? C'est celui du neveu, pas le mien.

- Ne discute pas. Fais voir, je te dis.

Duharec se rapprocha d'eux, traversant la pièce.

- Je la reconnais. Je sais de quelle banque elle provient, dit-elle fièrement. La Caisse d'Épargne.
- La sempiternelle confiance dans l'écureuil, compléta Gillet.
- Possible. Qu'est-ce que j'en sais ? Je ne place pas mon argent chez eux, se justifia Rossi.
- Il n'a pas peur de la perdre, ton neveu. C'est risqué, je vais la lui garder, ironisa Gillet.
- Vous n'avez pas le droit, clama Rossi.
- Je vais demander une commission rogatoire, annonça Duharec. L'affaire concerne mon équipe, maintenant. J'appelle Dorman. Il se chargera d'inventorier le contenu du coffre en présence de Monsieur Fortini et de toi.
- Il est 12 h 47. Monsieur Rossi, je vous signifie votre garde à vue pour un complément d'enquête. Nous allons éclaircir les zones d'ombre au poste. Vous pourrez être assisté par un avocat de votre choix, si vous n'en connaissez pas, vous aurez droit à un avocat commis d'office. Question de formalités.
- Évidemment que je veux un avocat. Vous m'embarquez sans raison. Je prends.
- Ne t'inquiète pas pour nous. Des raisons, nous en avons un sac plein au commissariat. Allez, on rentre chez nous.

12 h 45.

Dorman et Jefferson avaient tardé, ce matin, à quitter la maison de Sainte Savine sachant pertinemment que Madame Manuela Rossi ne dérogerait pas à ses longueurs de piscine.

Les journées de cette femme sont une accumulation de futilités, déclara Dorman à son ami. Inutile de se presser.

Fort de ce constat, le commandant avait entraîné le médecin légiste dans une longue flânerie à travers les ruelles troyennes avant de se rendre à leur rendez-vous.

Jefferson constata par lui-même le jugement efficace de Dorman. Il resta sans voix devant une Manuela Rossi légèrement vêtue. Une robe longue à fines bretelles épousait son corps humide. Des gouttelettes d'eau s'accrochaient à ses cheveux noirs relevés par une barrette ornée de strass argentés.

Elle avança vers eux pieds nus.

Elle semblait ne pas craindre la chaleur des dalles sur cette terrasse ensoleillée.

Jefferson ne sut s'il devait baiser les doigts qu'elle lui tendait ou bien lui serrer bêtement la main. Dorman mit fin à sa torture. Il rompit la magie de l'instant en exposant sa requête. Cette dernière raconta, dans un discours prolixe ponctué de griefs, les invités d'un soir de son ex-partenaire.

Entendez par là, confirma-t-elle, des personnes qui s'enfermaient dans la bibliothèque avec Pierre et repartaient au bout de dix minutes. Ils ne risquaient pas de s'incruster jusqu'au souper. J'étais tenue à l'écart. Je n'assistais jamais à leur réunion, c'est pourquoi je me suis méfiée de ces agissements, à force. Le comportement de Pierre était aussi clair que de la boue.

Profusion de médisances.

Elle n'hésita pas à leur communiquer les dates qu'elle avait scrupuleusement notées à l'insu de son mari sur un agenda de poche. Dorman était en train de les recopier sur son cahier noir à spirales lorsqu'il reçut l'appel téléphonique de Duharec. Au grand dam de Jefferson, le commandant précipita le départ. L'ordre inopiné brisa le charme de la rencontre.

- Quelle femme ! siffla Jefferson en montant dans la voiture.

- Mathieu partage ton commentaire. Tu chasserais en terrain miné, toi ?

- Cette nana a le feu au cul. Elle n'a pas dû baiser depuis des lustres à la voir tortiller ses fesses en reniflant les phéromones masculines. Je ferais un devoir social et rendrais service à son mari. Je suis sûr qu'elle va s'inviter, sous peu, à une bacchanale, histoire d'imiter l'époux infidèle.

- Et provoquer la jalousie de Rossi ? L'homme est macho selon les dires de madame. Tu ajoutes un mobile à celui que nous avions établi.

- Trêve de plaisanterie, Sherlock, ne jamais minimiser l'amour-propre du conjoint bafoué.

- Dans ce cas, elle aurait plutôt tué Rossi que Whillembad. Ton raisonnement ne tient pas. Elle se réjouissait à l'idée qu'il soit sous les verrous.

Pris dans l'engrenage, le médecin légiste se prêta au jeu des devinettes.

- Qui te dit qu'elle ne va pas le faire. Madame Manuela Rossi transformée en veuve noire.

- That is the question.

13 h 30.
Brasserie proche du commissariat.
Six plats de cannellonis aux épinards et parmesan râpé.
Six expressos au percolateur.

Le commandant avait choisi en l'absence des principaux intéressés un plat de pâtes. Il avait quand même eu la délicatesse d'associer des légumes aux féculents, Duharec étant encline au régime végétarien depuis leur retour de Londres.

Les paroles avaient fusé entre deux bouchées. Le chef avait ainsi appris que, de l'entourage de Claudine Vermillon, une seule personne se détachait de la lignée : l'oncle par alliance, Monsieur Francis Dutour. Les mots prononcés envers la belle famille, bien qu'elle n'en fût pas une, avaient la saveur aigre de la pauvreté. Contrairement à son frère, Alain Dutour, qui acceptait son sort avec résignation, le sieur Francis vouait une haine féroce aux nantis, et, par amalgame, il estimait l'endroit où vivait la petite Cécile une zone privilégiée.

Il idolâtrait la maison en se plaignant de ne jamais pouvoir s'en payer une de semblable avec le salaire de toute une vie, raconta Piot. À ses yeux, elle incarnait la réussite financière.

Cela était pitoyable à écouter, compléta Mathieu avec dédain. Il était vindicatif après le capitalisme, les lobbyistes, la mondialisation. Un discours au poing levé digne de la révolution de 1917 en Russie. Il en est même arrivé à critiquer le socialisme et les émigrés. Explication de Monsieur Dutour Francis : étant peu qualifié et ne cherchant pas à se perfectionner, il assume donc la fonction de manœuvre intérimaire sur les chantiers. Le bâtiment allant mal, la boîte qui l'embauche peine à lui trouver du boulot chaque semaine. Il accumule les CDD et les vaches maigres. Négligé, les ongles sales, les cheveux gras, l'homme ne sentait pas la rose, la baraque non plus d'ailleurs. À l'extérieur, un foutoir du diable qui ressemblait à l'intérieur ou bien l'inverse, au choix. Un suspect potentiel numéro un. N'ayant pas d'ambition, il est capable d'avoir enlevé la gamine pour cinq mille euros, juste pour combler un trou dans les finances et, se sentant pris au collet, d'avoir assassiné notre détective sans en avoir évalué les conséquences. La retombée d'une regrettable erreur.

D'autant plus que le voisin, un certain Thibault Bertier, possède une bicoque en cours d'aménagement qui pourrait correspondre à la description de Cécile, ajouta Piot. La piaule est petite en surface au sol mais suffisamment haute pour posséder un grenier. Les matériaux de rénovation sont stockés sous une remise en tôles ondulées. Ils sont visibles du chemin. Ça sent la récup.

- Vous savez ce qu'ils vous restent à faire, coupa Dorman.

- Concilier les deux hypothèses, soupira Mathieu.

- Si vos intuitions corroborent l'enlèvement, on tapera à 6 h 00, demain matin. À vous l'honneur d'organiser l'arrestation. Dans notre monde, on croise des tas de gens bien et d'autres non, et nous, on traque le non. Profitez-en pour montrer la procédure à Piot.

- Compris, chef.
- Ensuite, Duharec.
- La commission rogatoire est en cours. On devrait l'avoir pour 14 h 30.
- Jefferson ! interpella Dorman.
- Il est difficile de coïncider nos plannings, aujourd'hui, alors, si je peux rendre service, je suis partant.
- Drôle d'équipe, s'esclaffa Gillet désireux de leur rappeler sa présence.
- Une équipe soudée, renchérit Piot ;
- Puisqu'il n'y a pas plus aveugle que celui qui ne veut pas voir, capitaine, je vous pose une colle. Au cours d'une randonnée pédestre, vous arrivez au bord d'une rivière, est-ce que vous la traversez ou vous la contournez ?

Tel était l'humour du dépeceur de cadavre. Gillet ne se fit pas piéger.
- Je regarde sur la carte.
- Bonne réponse. Bienvenue au club, capitaine.

Mathieu dévisagea Jefferson. Il avait horreur de ces niaiseries. Il était en train de calculer mentalement la méthode la plus efficace pour appréhender les deux sujets à caution.

15 h 00.

Les trois officiers de police étaient impatients d'ouvrir le coffre de Fortini. Jefferson, quant à lui, s'était placé en retrait, épousant à la perfection un rôle de spectateur et de simple témoin qui ne perdit pas une miette de la découverte. La tension atteignit son paroxysme lorsque, sortis de leur cache, les DVD passèrent de mains en mains. Les contenus des enregistrements s'étalaient en noir et blanc sur les couvertures des boîtiers. Les images d'enfants nus au milieu d'adultes de tous les âges et de tous les sexes dévoilaient une filmographie sans équivoque : des films pornographiques à visée pédophile qui terminèrent, en guise de générique, dans les sachets plastiques des pièces à conviction.

Gillet espérait de la drogue et il assista à un tollé unanime à l'encontre de Fortini.

Remonté à bloc, Dorman entraîna ses compagnons dans son sillage deux rues plus loin, ayant abandonné les employés de la banque à leurs émois.

Fermeture définitive du sex-shop.

Menottes aux poignets dans le dos.

Le commandant signifia sa garde à vue à Jacques Fortini au commissariat. Il était 15 h 52.

Le trio, Pierre Rossi, Cyril Legros et Bertrand Durando, était déjà parti pour la convocation avec le juge d'instruction lorsque l'équipe revint au QG.

- Si nous continuons à ce rythme, tous nos suspects seront mis en examen pour des motifs divers et aucun ne sera inquiété pour le meurtre du détective, calcula Duharec.

Sa remarque ne fit qu'accroître la nervosité de son patron.

- Creusez-vous les méninges au lieu de palabrer dans le vide, gueula Dorman manquant de diplomatie. L'interpellation n'est qu'une mince étape avant l'inculpation. Je fonce cueillir Tassiéro à l'hôpital, le commandant Clément Lemaitre de la brigade des mœurs me rejoint là-bas et nous le ramènerons ici. J'attends des suggestions à mon retour. Je suis preneur de toutes vos divagations.

- Qu'est-ce qu'il veut qu'on lui suggère ? lâcha Mathieu. On n'a rien et il le sait. On peut supputer, et encore...

- Quand on travaille trop longtemps sur une enquête, on finit par avoir la tête dans le guidon et ne plus voir le perceptible, expliqua Gillet. Jefferson et moi-même nous y sommes étrangers. Nous pouvons participer à votre révision des éléments avec un regard neuf.

16 h 30.

Réunie dans le bureau de Duharec, l'équipe fit la connaissance du commandant Lemaitre, un ancien de la BRI reconverti aux mœurs après avoir été touché au genou droit dans l'exercice de ses fonctions. Conséquence de la blessure, l'homme de cinquante ans, à la chevelure grisonnante, claudiquait.

    Il dirigea l'interrogatoire de Tassiéro, sur un ton bourru et menaçant, dans la pièce contiguë. Il l'informa du réquisitoire. Fortini avait parlé de son commerce illégal en provenance de la Thaïlande, pays où la prostitution infantile choquait peu la population. Ce dernier s'était positionné en tant que commerçant répondant à la demande de sa clientèle et " l'aide soignant abuse en consommation de ce type " avait balancé Fortini.

    Tassiéro rapetissait sous la menace. Il ne fut pas étonné d'entendre énoncer les articles de loi spécifiant sa mise en garde à vue.

    - Personne ne sera en liberté ce soir, constata Mathieu. Au moins, nous serons peinards pour cette nuit.

    - Faux, lieutenant, rétorqua Dorman. Je viens d'apprendre que Rossi a été relâché par le juge d'instruction, ainsi que Durando. Ils écopent d'un contrôle judiciaire jusqu'à leur jugement avec interdiction de quitter le territoire.

    - Ils obtiendront une peine avec sursis, évalua Mathieu.

    - Ils ne représentent pas une grande menace pour la société, appuya Gillet. Au moins, ils auront compris la leçon. Et Legros ?

    - En détention provisoire. Il y a eu récidive. Rossi, on ne doit pas le lâcher d'une semelle, ordonna Dorman.

    - Manuela Rossi ne va pas être contente que nous tenions son ex en laisse, suggéra Jefferson. Elle qui souhaitait le prendre en flag avant la mort de votre Whillembad.

    - Une bonne excuse pour le surveiller, décréta Dorman. Qui s'y colle ?

    - Moi et le lieutenant Duharec si elle consent, dit Gillet qui souhaitait inviter la jeune femme à dîner dans le restaurant situé face à l'appartement de Fortini.

- Très bien. Tassiéro au placard et perquisition demain chez lui.

- Pour Francis Dutour, on a trouvé un dépôt de 3 500 euros en espèces sur son compte courant. On cherche la différence, les 1 500 qui manquent à l'appel.

- Enfin, nous en tenons un. On tape à 6 h 00. Mathieu et Piot vous viendrez avec moi. Nous prendrons du renfort. Méfions-nous du voisin. Duharec, vous irez chez Madame Parmentier. Je crains qu'elle ne doive chercher un nouveau locataire. Nous verrons ensuite pour la visite chez Madame Vermillon. Il nous faut d'abord du concret. Vous pouvez tous partir.

- Je te propose un défoulement en salle de gym, dit Jefferson à Dorman. Tu en as besoin.

- Éliminer ma graisse ?

- Apaiser les tensions nerveuses de cette rude journée et libérer des endomorphines. Bien-être garanti.

- Je n'ai plus la force de te contrarier. Je présume que tu as repéré l'endroit avant de quitter Pontarlier, l'adepte de la gonflette.

- Exact, et j'accepte le sympathique compliment.

- Alors, je te suis.

20 h 00.

Kelly Travers gara sa voiture dans le parking non gardé d'une résidence.

À 20 h 15, elle fredonnait la chanson celte que jouaient les trois musiciens à l'Irish Pub. Le répertoire du groupe valait celui de l'autre fois. Elle connaissait l'air pour l'avoir déjà entendu la semaine dernière, un de ces airs qui savait vous ensorceler au point de le garder en mémoire et de le chanter sous la douche. Elle pianotait donc sur sa pinte de Buxton Moor Top les notes de musique. Tournée vers le groupe, dos au comptoir, juchée sur un des hauts tabourets, elle battait le rythme avec son pied, excitant par ce geste O'Connors qui passait et repassait devant elle, son plateau à bout de bras pour servir les consommateurs. Le barman salivait d'envie à chaque passage. Nullement perturbée, Kelly Travers continuait sa manigance. Elle était à la fois l'actrice et la réalisatrice de son propre scénario. Elle finit par se retourner et se pencha au-dessus du zinc en abaissant sa jupe droite en jean. Elle déboutonna le premier et le deuxième bouton rose de sa tunique en soie.

- Quelle chaleur ! Tu as une minute ?
- Pour toi, j'ai tout le cadran, ma jolie.
- Une femme dans ton lit ce soir est-elle envisageable ?
- Et se gaver d'amour jusqu'à en crever ?
- Surtout de sexe, répondit-elle en passant sa langue sur ses lèvres.
- Tu évinces la sonate aux sentiments, les prémisses chères à ces dames.
- Je tire au but.
- Un partout, la brunette. Je serais ton amant dévoué dès la fermeture, dit-il en clignant de l'œil.

Brunette ? Il est aveugle, ma parole, s'interrogea-t-elle, ou alors la couleur synthétique des tifs change sous les spots. La mort est notre destin à tous, pensa-t-elle. Le tien sera avancé cette nuit, mon beau barman de couleur. Tu avais réussi à m'échapper mais je t'ai retrouvé et tu iras rejoindre ton copain Whillembad. L'avenir radieux que tu présages entre mes cuisses va virer au cauchemar. À chacun son karma. L'être humain ne pense jamais assez à la vie lorsqu'il est vivant. Triste constatation.

Elle continua à chantonner, tapotant son sac à main ouvert, serré contre elle, le bras passé au-dessus de la bandoulière par sécurité. Un vol était inenvisageable. Le remède qui guérirait son malheur était prêt à l'emploi dans la poche intérieure du bagage avec le reste de la panoplie, un bis repetita, à sept jours d'intervalle, jour pour jour. Et le ficus se décomposait lentement dans ce décor immuable. Il perdait les nouvelles pousses avant l'automne.

1 h 15.

Kelly Travers marchait aux côtés de John O'Connors dans la rue déserte. L'appartement de celui-ci était à deux pas, face à l'église. La nuit était orageuse. Les nuages menaçants voilaient l'astre lunaire. Ils se pressèrent sur le trottoir.

Réticence.

Courtoisie forcée.

Sur l'instance de son hôte, elle se sentit obliger de visiter le petit deux-pièces.

Un salon avec canapé d'angle en tissu havane et table basse en bambou. Une chambre à coucher en acacia de couleur claire meublée d'un large lit futon et d'une commode asymétrique. Une cuisine équipée moderne blanche et noire. Une salle d'eau bleu pastel avec w.-c. Accrochés aux murs s'étalaient des masques africains de différentes ethnies et des photographies sahariennes. Pas de bibelot, ni de verdure.

Un intérieur de célibataire nostalgique envers ses racines, pensa-t-elle. Je ne suis plus étonnée qu'il laisse crever la plante du troquet.

Elle accepta le verre de bordeaux rouge et la part de bobotie réchauffé au four à micro-ondes, une variante du hachis parmentier assaisonné de curry et de jus de citron "que tu vas adorer" avait certifié O'Connors. Il enfourna le plat dans le micro-ondes tandis qu'elle resta debout, buvant le vin, n'osant bouger de peur de contaminer la pièce. L'inspection préalable lui apparaissait déjà comme étant une monumentale erreur. Elle ne comptait plus se déplacer au risque de laisser ses empreintes partout.

Ce salaud va être difficile à saouler, réfléchit-elle. Plan B. Je passe à l'attaque maintenant. Aucun mâle ne saurait résister à un strip-tease.

Elle posa son verre sur la table basse du salon. Elle ouvrit lentement sa tunique et défit la ceinture qui la fermait. Elle laissa glisser le tissu le long de ses bras. Il tomba mollement par terre. Elle le poussa du talon. Elle entreprit de descendre la fermeture Éclair de sa jupe et tira dessus d'un coup sec. Elle l'abaissa en secouant ses muscles fessiers jusqu'à ce qu'elle rejoignît la tunique. Elle remarqua la tension à l'entrejambe du pantalon. Elle était, face à lui, en petite tenue transparente noire. Elle glissa ses mains sous la dentelle de son string et commença à se caresser. Le mouvement significatif de ses doigts attira O'Connors comme un aimant. Il abandonna le plat réchauffé dans le four. Il ôta son tee-shirt et le plaqua contre son torse. Avec fougue, il dégrafa le soutien-gorge de sa partenaire tandis qu'avec l'autre, il tira la fausse chevelure en arrière.

Instant de frayeur.

Terminer la séance.

Elle se dégagea et s'agenouilla en l'entraînant avec elle.

Elle contraignit O'Connors à suivre son jeu sexuel. Elle sentit la morsure des dents sur ses mamelons. Elle serra les dents. Les mains de l'homme sur son corps la répugnaient. Elle l'intima à s'étendre sur le dos, à même le carrelage. Elle attrapa la ceinture et lia son poignet gauche au pied du canapé. Avec la tunique, elle bloqua le poignet droit au pied de la table. À califourchon sur ses jambes, elle ouvrit son pantalon et libéra le sexe en érection. Il était à sa merci.

Il attendit une fellation qui ne vint pas.

Elle plongea sa main droite dans le sac à main, toujours béant, qu'elle avait posé sur le canapé en entrant. Elle en sortit la seringue. Un éclair de stupeur s'afficha sur le visage d'O'Connors. Il tira sur ses liens, embarquant la table qu'elle retint fermement avec ses doigts.

- Reste tranquille, c'est mieux que du viagra et que toutes ces saloperies vendues sur internet. Le produit te procurera un plaisir décuplé dans le bas-ventre. Fais-moi confiance. Je l'ai déjà expérimenté sur plusieurs hommes avant toi.

Elle repéra une veine saillante, piqua et injecta le liquide avant qu'il ne puisse comprendre réellement son geste. Elle l'empêcha de se débattre jusqu'à la suffocation tout en évaluant le temps qui lui restait à respirer.

La vie et la mort dans un flacon, se dit-elle pour se justifier. Quelques gouttes d'intemporalité où la dichotomie du yin et du yang a disparu, où la symbiose de l'alpha et de l'oméga s'inscrit dans la finalité de l'âme.

Le souffle du barman s'éteignit devant une Kelly Travers indifférente. Les traits de la victime se figèrent pour l'éternité.

Elle récupéra ses vêtements froissés et s'habilla en hâte. Elle ne jugea pas utile de porter la charlotte par-dessus la perruque puisqu'elle allait la jeter en sortant. En revanche, elle enfila l'indispensable paire de gants en latex. Doutant de sa prudence, elle essuya le mobilier de l'appartement avec un torchon récupéré dans la cuisine. Elle rangea les assiettes vides et les verres dans le lave-vaisselle, tourna le programmateur et lança la machine. Elle mit la bouteille de vin dans le frigidaire. Elle sortit de son sac la deuxième serpillière neuve et entreprit de nettoyer entièrement le sol en utilisant cette dernière comme des patins.

Pendant dix minutes elle astiqua le carrelage, traînant derrière elle des amas de poussière.

Elle transpirait. Ce n'était pas bon du tout. Il fallait qu'elle s'arrêtât au risque d'être démasquée par négligence mais le bruit du cycle de lavage en pleine nuit l'intima à rester sur ses gardes. Elle récupéra son sac. Dans l'entrée, elle ramassa la serpillière, ouvrit doucement la porte et la referma. Elle appela l'ascenseur. Elle appuya sur le bouton indiquant le rez-de-chaussée et put, enfin, enlever ses gants.

Elle déclencha l'ouverture automatique de la porte de l'immeuble avec son coude et sortit dans la rue.

Il était 2 h 40, samedi 3 septembre.

Kelly Travers regagna son véhicule en allongeant le pas. Elle craignait les rencontres nocturnes néfastes.

J'ai dû désherber, seule, les sentiers du souvenir, jonchés de ces mauvaises herbes qui vous hantent, croissent et vous rongent de l'intérieur, un liseron fleurissant à la première anecdote d'un passé trop lourd à porter qui vous enserre, se dit-elle en marchant. Whillembad n'avait pas fourni beaucoup de renseignements, trop occupé à sa beuverie. Les déductions, je les ai formulées moi-même. Tout est terminé. Je rentre chez moi.

Elle stoppa trois fois en chemin avant d'atteindre l'hôtel.

Sacs-poubelles. Containers.

Élimination de la serpillière, de la seringue, des gants, de la perruque, des lunettes et des lentilles.

Retour à l'hôtel avant le grand départ.

Demain, je jetterai ces vêtements inutiles. À présent, ces chaussures, ces fringues, ces soutiens-gorge et ces culottes appartiennent à hier, s'égosilla-t-elle dans la salle de bains. Ils feront le bonheur du secours catholique. La soi-disant brunette aux yeux bleus porteuse de lunettes est morte, elle aussi, ce soir. La Kelly Travers d'avant renaît de ses cendres telle un phénix.

CHAPITRE IX

Samedi 3 septembre.

6 h 00.
Il n'avait pas menti le Mathieu, pensa le commandant Dorman. La piaule tombe en ruine. Le bonhomme la rafistole avec les moyens du bord. Celle du voisin est dans le même état. À se demander laquelle est en chantier. Le carreau de la fenêtre du bas a été cassé, réparé avec du scotch d'emballage. Les gouttières manquent de se casser la gueule. Et côté jardin, le portail n'est plus dans ses gonds. Encore heureux qu'il soit en bois. Je n'ai pas envie de me faire écraser un orteil si je le cogne par mégarde.

- Bon sang, mais quel merdier, ici ! s'exclama Dorman. Une déchetterie est mieux rangée.
- Je vous avais prévenu, chef, rétorqua Mathieu au volant.
- Coupez les feux de croisement. Une lumière vient de s'allumer à l'étage. Mettez votre brassard et nous y allons en douceur. Je ne veux pas brusquer notre gaillard. Faîtes attention où vous mettez les pieds. Go.
- La porte s'ouvre, indiqua Piot à l'arrière.

Francis Dutour se tint sur le perron, crasseux, la mine patibulaire, un fusil de chasse pointé dans leur direction.

- Soyez raisonnable, Dutour, cria Dorman devant le portail. Rangez ce fusil et suivez-nous au commissariat. Nous devons approfondir la discussion que vous avez eue hier avec mes collègues.
- N'avancez pas où je tire.

Le lieutenant eut l'imprudence de bouger d'un mètre. Le coup partit. Dutour avait visé le frêne à dix mètres sur leur gauche.

Un beau tir et très précis, pensa le commandant. L'homme a l'habitude.
- La prochaine fois, ce sera pour vous. Foutez le camp d'ici.
- Tu as des ennuis, Francis ?

La voix gutturale du voisin, alerté par le coup de feu, résonna sur le sentier qui séparait les deux habitations. Mathieu tourna la tête.
- Merde ! Patron, Bertier arrive par-derrière avec un flingue lui aussi.
- Replions-nous dans la bagnole. Ne continuons pas à les énerver. Ils sont suffisamment remontés. Calmez-vous, Dutour. Nous partons, hurla Dorman.
- Ils vont nous tirer dessus comme des lapins, s'angoissa Piot en fermant la portière.
- Possible. Nous allons demander du renfort. Il faut laisser passer le voisin pour pouvoir reculer. Nous sommes pris en sandwich. Mathieu, mettez déjà le contact, ça les tranquillisera.

Bertier les menaça en visant le pare-brise lorsqu'il fut à leur hauteur.
- Des chasseurs qui font leur loi comme bon leur semble, affirma Mathieu.
- Ça va, on a compris, inutile d'en rajouter, râla Dorman. Marche arrière en vitesse. On se replie et on se gare à couvert en attendant les autres, ordonna Dorman en décrochant la radio. Y a-t-il des issues pour fuir ?
- Par la voie communale du bled.
- OK. Je communique l'information à la gendarmerie.

Francis Dutour et Thibault Bertier furent catalogués comme étant des individus dangereux à appréhender, armés jusqu'aux dents, n'hésitant pas à tirer sur les forces de l'ordre.

Quatre heures après, suite et fin de l'épisode au chant du coq.

Dorman, Piot et Mathieu purent revenir sur les lieux, gilet pare-balles sur le dos, encadrés par leurs homologues de l'équipe d'intervention.

Efficacité.
Rapidité.
Notification des droits.
- Ils sont moins fiers, maintenant, nos amoureux de la gâchette, gloussa Mathieu en les croisant.
Dutour et Bertier, menottés, grimpèrent dans le fourgon cellulaire.
Direction Troyes.

6 h 30.
Kelly Travers se réveilla brutalement. Elle pensait en avoir fini avec les angoisses. Elle s'aperçut que non en constatant la quantité de sueur qui avait mouillé la taie de l'oreiller durant son très court sommeil. Pourtant, elle avait eu ni trop chaud, ni trop froid car elle avait réglé la climatisation de la chambre à 22° avant de se coucher. C'était donc plus que de l'anxiété. Son rythme cardiaque s'était accéléré et ses mains tremblaient encore légèrement. Les symptômes persistaient malgré sa volonté d'apaisement.
J'ai eu peur en dormant, mais de quoi ? se demanda-t-elle en se levant, à moitié groggy.
Le retour au bercail commençait mal.
Une crainte insoumise montait en elle. Sournoise, elle l'étreignait sans justification apparente. Elle s'incrustait dans son cerveau en creusant des sillons paniquants. Elle ravinait son esprit en influençant sa raison au point de s'avouer coupable d'assassinat.
Le mot claqua : meurtrière.
Elle ferma les yeux d'épouvante. Elle avait basculé en quelques jours, persuadée d'avoir rétabli, par son courage, l'ordre des choses. Elle était devenue une Borderline, plongeant dans le côté obscur de la force.
Des années de lutte pour égaliser la justice des hommes avec celle de Dieu.

Non, je ne suis pas une criminelle, se défendit-elle en s'habillant. Au contraire, je suis la clairvoyante Némésis. Je suis Hermes le messager de la mort qui punit le fourbe. Mais, dans ce cas, pourquoi une telle panique à mon réveil ? Je me le demande. Réfléchit Kelly. Est-ce que tu as négligé l'effacement de tes traces dans ce maudit appartement ? J'ai dû me dépêcher, c'est vrai, et la rapidité annihile la prudence. Soit positive. Si tu as bien calculé, les flics ne découvriront pas le corps de suite. Tu as six bonnes heures devant toi pour attraper un ferry. C'est maman qui va être contente de me revoir après ces longs mois d'absence. Je vais exaucer un souhait. Je serais avec vous, mes chers parents, d'ici ce soir.

Elle prit la ferme décision de se rendre invisible au monde pendant un temps indéfini.

Elle paya sa note en espèces.

Avant de démarrer sa petite Citroën, elle compta les euros restant dans son porte-monnaie. Elle possédait encore trois billets de vingt et quelques centimes. Elle les utiliserait sur l'autoroute.

Dans une station-service, elle but un gobelet de thé pris aux distributeurs de boissons chaudes et acheta des cadeaux souvenirs. À la caisse, elle se débarrassa des pièces dans la tirelire jaune destinée aux enfants malades des hôpitaux sous l'œil admiratif de la caissière qui la gratifia d'un "merci" chaleureux.

Sur le trajet, elle stoppa dans une aire de pique-nique déserte. Elle enterra la carte SIM du téléphone portable qui aurait pu la compromettre. Elle avait décidé de s'en procurer une sur le sol anglais dès qu'elle aurait débarqué.

À 11 h 35, elle coupa le moteur devant l'employé du port en uniforme orange qui lui faisait signe de s'arrêter. La France était un pays où il ne faisait plus bon vivre pour une anglaise de vingt-huit ans.

À 12 h 05, le ferry en provenance de Calais accosta. Il déversa son flot de passagers en un long convoi de véhicules.

Parmi ceux-ci se trouvait la petite voiture française rouge qui roula d'une traite jusqu'à Reading. Elle se gara sur le parking du centre commercial Oracle. Elle se dirigea vers le rayon multimédia afin de se procurer l'i phone nouvelle génération. Sa vie future méritait cette acquisition.

10 h 00.
Anticipation volontaire.

Le capitaine Marc Gillet avait prévenu son chef qu'il continuerait à faire équipe avec l'autre brigade pour la journée. Il appréciait la compagnie du lieutenant Duharec et ne le cachait pas. Il affichait ouvertement son attirance envers elle. Il aimait particulièrement sa rigueur professionnelle ensevelie sous une mince couche de désinvolture optimiste. Il aimait la manière qu'elle avait d'aplanir les situations au point d'en devenir transparentes comme un papier-calque au travers duquel elle entrevoyait des solutions aux problèmes quotidiens. Il aimait la bonne humeur communicative qu'elle irradiait et comprenait aisément pourquoi le commandant Dorman était son colocataire. Vivre auprès d'elle était bénéfique pour votre moral. Il en profitait, lui aussi, et grappillait ces instants de bonheur à se retrouver seul avec elle.

Morgane Duharec devança son coéquipier dans le hall d'entrée de la résidence médicalisée. C'était sa minute sportive. Elle monta les deux étages par l'escalier réservé au personnel et se posta devant l'ascenseur. Marc Gillet était hilare lorsque la porte s'ouvrit.

- Je n'ai qu'un seul mot à la bouche.
- Bravo ?
- Inutile ! Et avant de te lancer dans un soliloque désapprobateur, sache que je préfère me la couler douce quand j'en ai la possibilité. L'entraînement de la police me suffit amplement. J'y consacre mon mardi à partir de 20 heures, et parfois le vendredi. La forme, je l'entretiens.

- À la crim, nous sommes pantouflards. Je saisis l'occasion lorsqu'elle se présente.
- Salle de gym à te conseiller, alors.
- J'y songe. Dorman y est allé avec Jefferson hier soir.
- Nous pourrions nous joindre à eux.
- À étudier. Dorman est parfois susceptible.
- Quel numéro, l'appartement ?
- Ici. Mathieu me l'avait indiqué pendant la réunion.

Madame Parmentier était revenue du marché. Des poireaux dépassaient de son caddie, de même qu'une baguette de pain aux graines de pavots. Elle digéra mal l'information apportée par les policiers en civil. Son visage se crispa, marquant un peu plus les rides autour de sa bouche. Elle se signa plusieurs fois avant de parler.

- Je vais téléphoner à ma fille pour qu'elle me sorte de ce pétrin.
- Sa fille est avocate, précisa Duharec à Gillet. Vous avez entièrement raison de vous appuyer sur ses compétences. Vous avez nos coordonnées, si besoin, Madame Parmentier. Vous aviez vu juste.
- Malheureusement, oui. Quel malheur ! Mon Dieu, quel malheur ! Un si gentil garçon. Qu'est-ce que je vais devenir ? se lamenta la vieille dame en les saluant lorsqu'ils partirent.
- Il semblerait que l'œuvre de Satan se soit métamorphosé en gentil garçon avec la perte de ce soutien financier, s'exclama Duharec dans l'escalier, Gillet ayant consenti à descendre avec elle. Elle se moque bien des attouchements sexuels sur le gosse.
- Pas très chrétien, son empathie.
- Une girouette, la grand-mère, comme le temps qui change. L'orage avait été annoncé par les météorologues. Nous allons y avoir droit.

La pluie s'abattit sur le capot de la voiture de fonction en une musique rythmée. D'abord, une note subtile, puis deux, puis trois, en harmonie, avant le grondement orageux. Le tonnerre déchira l'espace en une fraction de secondes. Les gouttes, lourdes, s'écrasèrent sur l'asphalte. L'eau dessina des lignes brisées sur les trottoirs qui finirent dans le caniveau en une confusion générale. L'accumulation de toute cette pluie s'acheva en une flaque boueuse aux abords du regard impuissant à avaler tout ce liquide déversé. Le déluge s'installa en un opus retentissant à grands fracas de croches sur une portée sans clé.

11 h 30.
Les éclairs zébraient le ciel en un rythme soutenu. Ils scandaient les réponses des kidnappeurs, échos perdus dans le ciel gris, annonçant la fin des auditions de Francis Dutour et Thibault Bertier.
En présence de Maître Mondolini, Francis Dutour avait avoué l'enlèvement de Cécile Vermillon ce qui avait innocenté Charles de la Mitonière et son beau-frère Alain Dutour. En revanche, Dorman retint le motif de coaction pour le voisin Thibault Bertier. Ce dernier s'avéra être, non seulement le conducteur du véhicule, mais aussi le complice de la séquestration pour avoir enfermé l'enfant dans le grenier de sa maison. Les 1 500 euros qui manquaient sur le compte bancaire de Dutour correspondaient à la rémunération pour le service rendu. La somme encaissée était inscrite noir sur blanc sur celui du voisin signant ainsi sa perte.
Les motifs des suspects s'inscrivaient dans la détresse humaine, selon leurs avocats respectifs. Pour l'un, la nécessité urgente de pallier un moyen de locomotion déglingué, et pour l'autre, l'insalubrité de l'habitat.
- Si je récapitule, Maître Mondolini, coupa Dorman, en appelant un chat "un chat", Monsieur Dutour avait besoin d'argent pour changer de bagnole et Monsieur Bertier pour améliorer sa baraque. En prenant en considération le fric de Madame Vermillon et la confiance de sa fille envers ce membre éloigné de la famille, l'affaire était juteuse. Elle était pliée

d'avance avec la modeste rançon réclamée. Votre client avait la certitude d'obtenir son gain.

- Ce ne sont pas les termes que j'emploierai, récusa l'avocat en partant.

- Et le traumatisme causé, il lui donne quel terme, le défenseur de la veuve et de l'orphelin ? s'offusqua Dorman. Parce qu'il n'y a pas eu de sévices, il occulte le psychisme. La justice et le pénal me surprendront toujours.

- Dites-moi, patron, cet avocat commis d'office est fidèle au poste ! Il nous affectionne, railla Duharec en entrant dans le bureau de son patron. À croire qu'il s'enracine dans nos locaux à force de le croiser dans les couloirs.

- Lisez leurs bobards, Duharec, conseilla Dorman en lui tendant le procès-verbal. Quant à vous, Piot, je vous laisse le soin de prévenir la mère. Vous êtes celui qui a eu le plus de contacts avec elle.

- Et qu'est-ce qu'il a fourni comme alibi pour le soir du meurtre de Whillembad ? demanda Piot.

- Du béton, répondit Dorman. Il était en mission sur un chantier à Reims. Il y est resté trois semaines, nourri, logé, aux frais de l'employeur. Nous avons les factures et je vois mal le Bertier se procurer de la Digitaline. À y repenser, le Dutour non plus, mais Tassiéro et Rossi, eux, c'est différent. Ils pouvaient en obtenir sans difficulté. Je ne les lâcherai pas. J'ai un os et je compte le ronger jusqu'à la moelle.

- Vous êtes tenace, chef.

- Et vous ?

Le commandant Lemaître pénétra dans le bureau à l'instant où Piot sortit.

- Prêt pour la perquis, Dorman ?

- Yes. We can do it

13 h 00.

Quatre fois, gueula Pierre Rossi dans l'appartement de son neveu Fortini qu'il occupait toujours. Pas une, pas deux, ni trois mais quatre. Cela fait quatre fois que j'essaye de l'avoir au téléphone, cet enfoiré d'O'Connors. Mais qu'est-ce qu'il fout ? Il a assez dormi. J'ai besoin de connaître le montant de la recette du concert avec la baisse du chiffre d'affaires imposé par ce connard de juge et son contrôle judiciaire. Bien obligé de mettre en sommeil mon petit business et je ne suis pas sûr que le pote agri veuille reprendre du service après le passage à la barre. J'ajoute aux emmerdements la pension alimentaire réclamée par Manuela et j'ai le ticket gagnant du gros lot. Je détiens le pompon du roi des cons.

Rossi tournait dans le salon comme un lion en cage. Survolté, il avait besoin de passer ses nerfs sur quelqu'un et le barman correspondait à cette nécessité du moment, un bouc émissaire parfait.

Il doit encore tenir compagnie à la famille de l'autre abruti, s'étrangla Rossi en buvant son café. Putain de merde ! Je ne vais pas rester enfermé tous les jours. Il faut que je rentre du flouze. Si encore le sex-shop était resté ouvert, j'aurais pu assurer, mais non, le Jacques, il s'est cru supérieur. Je lui avais dit "on ne touche pas à la prostitution", mais les jeunes n'écoutent pas les anciens. L'herbe, elle est légale aux États Unis, en Espagne et aux Pays Bas. Elle rapporte gentiment son petit pécule chaque semaine alors que sa merde à lui, c'est la taule assurée. Maintenant qu'il s'est fait serrer, je ne suis pas près de le revoir. Je refais le numéro, il a intérêt à décrocher, le O'Connors.

Négatif.

De rage, Rossi balança le combiné sur le canapé. Il attrapa la télécommande et alluma le téléviseur. Il fit défiler les chaînes jusqu'à ce qu'il fût attiré par un reportage animalier tourné en Afrique du Sud. Il s'allongea dans les coussins, les pieds sur l'accoudoir.

L'animal, lui, il est moins con que nous, affirma-t-il en montrant l'écran plat à un invité imaginaire. Le plus fort bouffe le plus faible. Il ne s'apitoie pas et tout le monde clame "la loi de la nature" en applaudissant. Tu parles d'une belle hypocrisie. Tiens, c'est comme cette flotte. Il pleut à verse et les gens vont encore se plaindre, mais quand l'eau manque pour faire pousser les plantes, ce sont les mêmes qui se lamentent.

Il regarda sa montre en soupirant et embrassa la médaille offerte par sa grand-mère afin de conjurer le mauvais sort qui s'acharnait sur lui.

16 h 00.
L'orage avait cessé aussi brusquement qu'il avait commencé. Un rayon de soleil baignait la chambre d'amis. Un autre jour, Tassiéro aurait été content, ce qui n'était pas le cas cette après-midi. Il assistait, impuissant, au déballage de son intimité. Les policiers avaient examiné méticuleusement chaque centimètre carré du trois pièces. Ils avaient emballé les DVD illégaux achetés chez Fortini pourtant le commandant Lemaître considérait cette prise insuffisante. Il lui fallait du concret, une preuve irréfutable de la perversion sexuelle de l'aide-soignant.

Dorman exigea le mot de passe de l'ordinateur. Il regarda quelques vidéos sans succès jusqu'à ce que Lemaître, d'une nature opiniâtre par l'exigence du métier, suggéra une idée à cause de la caméra installée dans l'angle de la chambre. Le locataire des lieux eut beau plaider la menace du cambriolage, sa crainte n'était pas crédible aux yeux du commandant de la brigade des mœurs qui considérait qu'escalader le mur de l'immeuble donnant sur la rue était une couleuvre trop grosse à avaler. En revanche, il soupçonnait fortement un filmage de l'acte sexuel, avec des gosses, enregistré dans l'ordinateur, histoire de se visionner la scène indéfiniment.

- Je te refile le dossier, décida Dorman. À toi de jouer, maintenant. Coffre Tassiéro, Lemaître. Fais en sorte qu'il soit au trou pour de longues années puisque, de mon côté, je ne peux pas l'inculper pour meurtre. Je n'ai que du vide.

- On a l'habitude de ce genre de salopard, Dorman. Il passera plus d'une décennie à l'ombre, ton pointeur. On rentre au QG, les gars, avec le matos, dit-il en s'adressant à son équipe.

19 h 30.

Dorman et Jefferson suaient sur les vélos d'appartement à la salle de gym, en particulier Dorman qui souhaitait diminuer son embonpoint. Éloignés de quelques mètres, Gillet et Duharec, motivés, couraient sur les tapis roulant. Le compteur signalait 7 801 mètres parcourus quand le commandant reçut un appel sur son téléphone portable. Le numéro lui était inconnu.

- Urgentissime, commandant, dit Rossi, la voix chevrotante.
- Quoi ? Qui est à l'appareil ?
- Pierre Rossi. Urgentissime, je vous dis. Il est mort.

Les mots étaient hachés.

La délivrance de l'effort.

Dorman s'arrêta de pédaler. Il transpirait, il avait soif et ne comprenait pas un strict mot de ce que lui disait son interlocuteur au milieu de ce bruit ambiant. Il s'éloigna du groupe de cyclistes et colla le téléphone à son oreille droite tandis qu'il bouchait l'autre avec son index gauche.

- Qui est mort, Rossi ? Expliquez-vous, bon sang.
- O'Connors.
- Dans votre établissement ?
- Non, chez lui. Venez constater et vous verrez qu'il est bel et bien refroidi.
- Ne bougez pas, on arrive et surtout ne touchez à rien. Envoyez-moi l'adresse par SMS.
- Soyez tranquille de ce côté-là. Je ne risque pas de poser un doigt sur ses affaires. Vous seriez capable de me coller sa mort sur le dos.

Gillet, Jefferson et Duharec se groupèrent autour du commandant.

- Est-ce qu'il y a un problème, chef ? questionna Duharec.

- Un cadavre, celui d'O'Connors. Il semblerait que Rossi l'ait découvert à l'instant.
 - Je vais enfin pouvoir me rendre utile., se réjouit Jefferson. Ceci est mon domaine. Je seconderai Leblanc dans l'équation ténébreuse des éclaircissements.
 - Sans entraver l'équipe, ajouta Dorman.
 - La vie et la mort sont indissociables, déclama Jefferson en poursuivant son idée. Il n'existe pas de vie sans mort ou de mort sans vie, au choix. Est-ce que la vie mérite, alors, que nous tremblions pour elle ? Je vous pose la question.
 - Dites-moi, l'ami, vous êtes tous aussi énigmatiques chez les légistes ? s'enquit Gillet.
 - À force de sonder l'obscurité de la nature humaine...
Les mots s'évanouirent dans le vestiaire.

20 h 10.
Les deux D éloignèrent Rossi du macchabée. Le récit qu'il était en train de leur fournir s'engluait dans des phrases incohérentes. Son discours était abscons, dépourvu de logique. Le commandant Dorman avait cessé de noter dans son cahier noir.
 - Reprenons depuis le début, Rossi. Astreignez-vous à la chronologie.
 - Que je fasse quoi ?
 - Racontez les faits d'heure en heure.
 - Ah. J'ai d'abord laissé un premier message vers midi sur sa ligne fixe et ainsi de suite jusqu'à ce que je me décide à passer au pub pour récupérer la recette d'hier. Il y avait concert comme tous les vendredis et les euros tintent dans le tiroir. La carte bleue chauffe. Les gens boivent, la bière coule à flots. J'aide un peu avec le salé gratos. Bref, je voulais déposer le fric à la banque avant la fermeture et l'engueuler pour son silence. C'est tout.
 - Et la porte d'entrée ?
 - Quoi la porte d'entrée ?

- Entrouverte ? Refermée ?
- Fermée. Je n'ai eu qu'à la pousser.

Rossi jouait franc jeu sur ce coup-là. Il ne s'embarrassait pas de subtilité linguistique. Il livrait le fond de sa pensée sans prendre de gants afin d'éloigner le spectre du soupçon.

- Hier soir, est-ce que vous y étiez, dans votre établissement ?
- J'y suis passé vers 19 h 00 pour donner les consignes à O'Connors justement. Il devait chouchouter la clientèle pour que les billets s'entassent. Ensuite, je suis rentré à l'appartement du neveu. Au cas où vous l'auriez oublié, j'ai passé une très mauvaise journée.
- Un ton plus bas, Rossi, conseilla Dorman. Vous pourriez bien y retourner dans le cabinet du juge d'instruction avec ce nouveau cadavre. Duharec, je vous le confie. Prenez la voiture. Emmenez-le au commissariat avec le capitaine Gillet et faites lui signer sa déposition. On s'appelle ensuite.

Dorman partit vérifier seul la chambre. Le lit était intact, froid, les draps tirés, les oreillers en place. Personne n'avait dormi dessus.

Il continua son tour de piste en inspectant la salle de bains. Propre, un peu trop à son goût. Idem pour les toilettes.

Il revint sur ses pas et détailla la cuisine pendant qu'un des policiers de la scientifique relevait les empreintes et que Jefferson immortalisait le cadavre sur la pellicule.

- Du nouveau ?
- Le lave-vaisselle a fonctionné. La led marque la fin de son cycle et j'ai des empreintes à moitié effacées.
- Bon, voyons voir ce que nous avons dedans ? se demanda Dorman en tirant sur la porte. Peu rempli pour enclencher le programme. Trois verres, une assiette, un couteau et une fourchette, un saladier, mais c'est quoi ce bordel ? La vaisselle est froide. Il a tourné quand, à ton avis, William ?
- Comment veux-tu que je le sache ? Suivant l'inspiration de la femme de ménage zélée, lança Jefferson.

- Réponse de Normand. Elle n'aurait pas laissé de la bouffe dans le micro-ondes. Elle aurait mis le plat à gratin dans le frigidaire. Des empreintes à un autre endroit ?
- Idem, pas fameuses, non exploitables, résuma le scientifique en rangeant ses outils.
- Bien, on continue à chercher.

Dorman s'adressa aux médecins légistes en indiquant la position subjective de la victime.

- Qu'est-ce que vous en pensez, vous les spécialistes ?
- L'hypothèse d'une pratique sadomaso qui aurait dégénéré n'est pas à exclure, énonça Leblanc. Il a gardé ses rastas attachés, son froc avec la braguette ouverte et ses chaussures, sauf qu'il y a un bémol. Je suis d'accord avec mon éminent collègue. Nous avons un bleu récent sur le dos de la main droite qui pourrait bien dater d'hier soir.
- Il a pu se cogner contre le pied du canapé en bougeant.
- Cela m'étonnerait, j'ai la marque d'une piqûre. Le point d'entrée est significatif.
- Merde ! Tu penses à un tueur en série ?
- J'en saurais plus après les analyses sanguines. Aide-nous à le soulever. Nous allons le poser sur le brancard et le dégager de la pièce.

Dorman était épuisé par sa séance de sport. Il se déchargea de la corvée sur le gardien de la paix qui avait amené Leblanc avec le fourgon.

Sous le regard ébahi de Jefferson, le commandant se courba au point de toucher le sol avec ses ongles. En soulevant le corps, il avait vu quelque chose se détacher du dos de l'homme. Il la ramassa et l'enferma dans un sachet plastique.

- On dirait un cheveu châtain clair, dit-il en le montrant à ses collègues.
- Je te confirmerai demain, répondit Leblanc en les quittant.
- Nous avons passé l'appartement au peigne fin, confirma l'équipe technique. Vous aurez notre rapport sur votre bureau lundi.

- De simples détails font souvent la différence, dit Dorman en s'adressant à Jefferson.
Telle fut sa conclusion en apposant les scellés sur la porte d'entrée.

CHAPITRE X

Dimanche 4 septembre.

8 h 30.
Impatients.
Nerveux.
Cinq cafés forts et un thé brûlant pour six officiers de police guettant l'arrivée du septième.
Mathieu soufflait sur son mug afin qu'il refroidisse rapidement.
Duharec et Gillet se regardaient avec une tendresse partagée dans le genre guimauve.
Dorman relisait son célèbre cahier noir qu'il emportait à la moindre occasion. Les feuilles dansaient dans sa tête à force de les tourner d'avant en arrière. Une incongruité était ressortie des notes prises et cela l'irritait.
Jefferson et Piot conversaient à voix basse, n'osant troubler l'atmosphère feutrée qui régnait dans la petite cuisine du commissariat.
Supplice de l'attente.
- Quelqu'un s'est-il renseigné sur la famille d'O'Connors ? demanda Dorman en posant sa tasse.
Chacun des cinq membres du groupe interrogea son voisin du regard. Par chance, le visiteur tant attendu leur évita la sentence inévitable de leur patron. Pierre Leblanc entra, accompagné de sa mallette métallique dont l'équipe savait pertinemment qu'il viendrait avec, désirant être, en permanence, opérationnel, son leitmotiv.
- Salut la compagnie ! Que de monde en ces lieux pour votre humble serviteur.
Mouvement des lèvres. Un bonjour à peine murmuré. La phrase fit un ploc dans la pièce comme un pavé dans une mare.

- Je vois que l'ambiance est au beau fixe pour un dimanche matin. Réveillez-vous, damoiselle et damoiseaux, je suis l'annonceur des indices.
- Nous t'écoutons, dit Dorman, le front plissé, mécontent avant l'annonce du verdict.
- À la bonne heure, il y en a au moins un qui se réveille. J'énumère d'abord le négatif : empreintes nulles sur le corps, pas de relation sexuelle, sobre ce qui est remarquable pour un barman, dans l'estomac que dalle, il n'avait pas dû prendre son repas, la morphologie d'un athlète qui s'explique facilement avec les caisses de bouteilles à transporter et les fûts de bières, et qui signe les paumes de mains calleuses ainsi qu'une lordose à se pencher sans plier les genoux.
- Il avait donc la musculature pour se défendre, releva Mathieu.
- Exact, lieutenant. J'approuve et je signe. C'est pourquoi j'ai classé la constatation dans le négatif. Il en avait les capacités et, pourtant, il a été manipulé comme un toutou. Il n'y a pas de marque défensive. Il s'est laissé attacher de son plein gré. Maintenant, j'en viens au positif qui ne va pas vous faire marrer. Le mode opératoire du meurtre de Whillembad s'applique au barman. O'Connors a été tué de la même manière dans la nuit de vendredi à samedi, vers 1 h 00, seul le produit a changé.
- C'est-à-dire ?
- Une forte dose de potassium que la criminelle lui a injectée. Imparable. Une mort sans bavure. Ta meurtrière s'y connaît en potion.
- Une femme ? Tu en es sûr ? demanda Dorman.
- J'envisage mal un homme porter une perruque car ton cheveu recueilli sur la scène de crime est synthétique. L'analyse a prouvé qu'il provenait d'un modèle type Capless.
- Si tu pouvais préciser.
- Perruque en fibres synthétiques thermostables, grande facilité d'entretien, appréciée par ces dames pour sa légèreté et

son aération capillaire, d'où mon intuition. Celles qui ont eu une tumeur maligne du sein savent de quoi je parle. À vous de trouver le vendeur.

- Si le mobile est la vengeance d'une femme, à qui le suivant sur la liste ? s'exprima Mathieu.

- Nous devons revoir les hypothèses depuis le début afin d'éloigner la menace d'un nouveau meurtre. Il y a préméditation dans les deux cas, l'évidence parle d'elle-même. De l'ADN ?

- Non, répondit Leblanc. Je vous l'aurais dit en premier.

- On tendrait vers un crime parfait ? s'enquit Piot.

- Si cela s'avère, ces meurtres vont nous hanter pendant des mois. Une chose est sûre, la personne est méticuleuse. Elle nettoie derrière elle ses traces. Cette minutie explique le lave-vaisselle. Du travail de professionnel.

- Devons-nous envisager un tueur à gage, ici, chef ? questionna Duharec.

- Il faut creuser. La profession s'applique dans les deux sexes, la parité dans la criminalité. Nous vérifierons de nouveau les alibis de Rossi et de Fortini. Leur complicité s'affirme. Nous passerons au crible leurs emplois du temps à partir de juillet, voire plus loin dans le temps. Ils auraient pu commanditer les meurtres avec leurs trafics de drogue et de pornographie, se débarrasser d'eux dans le cas où ils seraient devenus subitement inutiles. Nous devons aussi retourner dans la maison de Whillembad et l'appartement d'O'Connors. Il doit y avoir un lien entre les deux sinon pourquoi les assassiner ? Il nous faut recueillir un maximum d'informations sur nos victimes.

- Y compris la femme de ménage ? suggéra Piot.

- Tout à fait, brigadier, ainsi que les coordonnées de la famille à joindre. Il nous est important de savoir qui elle est.

- La semaine se termine en beauté, persifla Mathieu, sarcastique.

La raillerie n'échappa pas au commandant.

- Il faut parfois prendre le fusil pour faire taire les fusils, déclara Dorman. Tueur à gage ou tueur en série, nous avons l'embarras du choix. Aujourd'hui, Mathieu, je dégaine, je tire et je touche. Better late than never.
- Mieux vaut tard que jamais, traduisit Jefferson.

13 h 00.

Réunie dans le troisième bureau du rez-de-chaussée, le ventre criant famine, l'équipe s'échinait à fouiller le passé des morts. La diligence du lieutenant Mathieu s'était révélée efficace. Avec les documents rassemblés chez O'Connors, il avait pu localiser la lignée domiciliée en Angleterre.
- J'ai pu joindre les parents du serveur, annonça Mathieu en entrant. Ils arrivent demain en fin de matinée.
- Décidément, j'ai la fâcheuse impression du déjà-vu. Ces meurtres nécessitent à chaque fois de traverser la Manche, constata Dorman.
- Vivre sur un sol étranger rapproche les gens. En y ajoutant les us et coutumes des Anglais, lier connaissance au pub me paraît une évidence.
- Yes, Duharec. Nous l'avons constaté de visu à Londres. Nous interrogerons les O'Connors au sujet de leur fils dans ce sens. Il existe peut-être un rapport.
- Le barman était un "bringueur", rappela Mathieu. Ne négligeons pas le fait qu'il fût un homme à femmes.
- Et vous penchez pour la vengeance d'une femme bafouée dans le style de Manuela Rossi, Mathieu ?
- Une ou deux femmes. Le barman était musclé, doté d'une force herculéenne.
- Pourquoi pas, après tout, dit Dorman résigné. J'enregistre ce qui vous passe par la tête. J'écoute vos élucubrations, au point où j'en suis.

Les narines de Duharec se pincèrent en entendant la réplique. Elle songeait à la sinistrose de son patron qui pouvait surgir à l'improviste, n'importe quand, quels que soient le jour ou le mois, et qui devait être enrayée de suite. Elle se souvenait de la tristesse alanguissant son chef à Pontarlier, de cette démarche traînante, de ce corps alourdi par l'impossibilité à résoudre une affaire qui avait obscurci sa lucidité. Elle se refusait à revivre cette situation.

- On ne peut pas continuer à vivre innocemment et sereinement avec un crime sur la conscience, chef, dit-elle à son intention. Le crime parfait n'existe pas. L'être humain commet des erreurs, la preuve le cheveu, et nous traquerons la faute, jour et nuit. Je vous le promets.

- Je vous reconnais là, lieutenant, le verre jamais à moitié vide. To morrow in another day.

Dorman avait lancé le signal du départ.

CHAPITRE XI

Lundi 5 septembre.

10 h 00.
Les deux D se tenaient en retrait dans la boutique. Ils ne souhaitaient pas importuner la vendeuse. En revanche, ils l'observaient attentivement. Elle vantait la ressemblance exceptionnelle de la perruque brune fabriquée à partir de cheveux naturels. Elle convainquit sa cliente qui, malgré un prix élevé, paya rubis sur l'ongle. Ils s'écartèrent de la porte d'entrée afin de libérer la sortie.

Madame Juliette Romano arbora un sourire intentionné à l'encontre du couple, sourire qui s'effaça aussitôt à la vue de la carte barrée en diagonale par le drapeau français.

Duharec ne se gêna pas pour détailler ladite personne avec insistance.

- Vous vous demandez si ma chevelure est la mienne ? Je vous affirme que non. Aujourd'hui, je suis brune, si vous venez demain, je serais blonde. Il est important pour la clientèle de présenter soi-même le produit que nous vendons. Nous autres commerçants, nous sommes nos meilleurs représentants.

Dorman se fichait pas mal du baratin de la patronne du magasin. Il n'y en avait pas dix à se disputer le marché dans la ville. Il avait repéré la marque dans la vitrine et cela lui suffisait amplement. Que cette femme s'applique à mettre en valeur sa perruque, l'indifférait. Il ignora la façon dont elle se coiffait, écoutant d'une oreille distraite. À son opposé, le lieutenant Duharec manifestait une attention particulière à la description. Elle emmagasinait dans son cerveau les différents résultats que procurait le port d'une perruque, particulièrement celui de changer de style, stratagème efficace pour l'incognito.

Madame Romano expliquait qu'à chaque perruque pouvait correspondre une tenue spécifique : courte et dégradé pour paraître plus jeune, longue et blonde pour être glamour, grise et raide pour un côté strict réservé aux personnes plus âgées. En définitive, une infinité de possibilités s'offraient à ses clientes pour modifier leur apparence. Elle argumentait en citant les économies réalisées en ne se rendant plus chez le coiffeur. Être toujours bien coiffée à peu de frais. Un investissement sur le long terme. Tel était le slogan de la maison. Selon elle, il ne fallait pas réserver cet accessoire à la longue maladie, évitant d'employer le mot cancer. Duharec comprit qu'elle l'avait banni de son vocabulaire.

Dorman, en percevant la phrase, sortit de son mutisme.

- Des hommes franchissent-ils le seuil de votre porte ?

- Très rare. Il n'y a malheureusement que les femmes qui subissent la perte de leurs cheveux avec la chimiothérapie. Elles sont atteintes dans leur dignité.

- Je vous parle de la vie courante.

- La calvitie est une conséquence naturelle chez ces messieurs. Ils l'acceptent facilement, ceux qui la rejettent ont recours aux implants capillaires. Nous en avons terminé avec l'époque de la royauté. Les hommes ne portent plus la perruque.

Dorman exhiba le sachet plastique étiqueté qu'il avait gardé dans la poche de sa veste.

- Est-ce que vous reconnaissez ceci ? dit-il.

Madame Romano attrapa le sachet et se déplaça vers la lumière. Elle fit miroiter le brin à travers un pâle rayon de soleil.

- Si vous le permettez, je vais regarder avec ma loupe.

Elle sortit d'un tiroir l'instrument d'optique et examina longuement le cheveu avant d'établir son diagnostic.

- Fibre synthétique de belle qualité, couleur châtain clair.

- C'est exact, confirma Dorman, de la marque Capless. En auriez-vous vendu ces jours-ci ?

- Attendez. Je consulte mon registre.

De ce même tiroir, elle sortit un livre de compte. Elle tourna quelques pages.
- Pas ce week-end.
- Remontez plus loin, demanda Dorman.
- Bien.
La sonnette tinta.
Madame Romano leva les bras au ciel signifiant ainsi qu'elle devait s'occuper en priorité de la nouvelle cliente.
- Une bimbo, chuchota Duharec à l'oreille de son patron en voyant la jeune fille qui franchissait le seuil de la boutique munie d'une pochette dorée garnie de strass.
Elle avait de longs cheveux blonds platine retombant sur les épaules et des yeux maquillés à outrance. Elle portait un short et un tee-shirt moulant. Les sandales à talons trop haut nuisaient à sa démarche.
- Affirmatif, jugea le commandant.
Le lieutenant se l'imagina en rousse et tailleur bleu marine.
- Madame Romano a raison, confia-t-elle à Dorman. La chevelure est un atout indéniable dans la personnalité. Elle entraîne le complément vestimentaire et vous transforme l'individu.
Les deux D patientèrent.
- Voyons voir, reprit la vendeuse après en avoir fini avec sa cliente. Je vends plus de fibres synthétiques que du naturel. C'est moins cher.
Dorman explorait le plafond, se moquant éperdument du chiffre d'affaires de la commerçante. Il voulait sa réponse.
- Vous avez de la chance. J'ai vendu ce modèle en début de semaine dernière, un seul exemplaire dans ce coloris. La mode est à la teinte rousse mais le blond conserve ses adeptes.
- Notre équipe technique a référencé le 28 R /2 014. Est-ce la référence de la vente ?
- Tout à fait, payée en espèces.
- Est-ce que vous vous souvenez de votre client ou cliente ?

- Je me souviens vaguement d'une jeune fille qui est venue. Elle avait de très beaux yeux bleus, seulement, je ne saurais dire si c'est à elle que j'ai vendu la perruque. J'ai eu six clientes ce jour-là dont quatre pour du synthétique.
- Avez-vous une caméra de surveillance ?
- Non. J'ai une banale alarme avec sirène extérieure et intérieure.
- Concernant les autres personnes, ont-elles payé en espèces, elles aussi ? questionna Duharec qui s'était tu jusqu'à présent.
- Je vérifie. Non, en carte bleue.
- Faîtes nous une photocopie des facturettes, ordonna Dorman sur un ton péremptoire.

Madame Romano s'exécuta en refrénant son envie de flanquer à la porte, manu militari, ce policier exigeant. Les perles qui pendaient aux lobes de ses oreilles tanguaient de droite à gauche, signant l'agacement ressenti.

L'imprimante cracha la feuille en noir et blanc. Dorman fit la moue. L'écriture était peu lisible par manque d'encre dans la cartouche. Il s'en contenta.

Les deux D quittèrent l'établissement en gardant comme image une Juliette Romano soulagée.

- Nous allons devoir résoudre cette équation à six variables dont une inconnue, annonça Dorman.

15 h 00.

Les parents d'O'Connors arrivèrent plus tôt que prévu. Ils débarquèrent au commissariat, emplis d'affliction. Les policiers découvrirent un couple vêtu de noir arborant la cinquantaine, elle, les yeux rougis par les pleurs, lui, digne dans sa douleur. Jefferson servit d'interprète.

Ils apprirent ainsi que Whillembad et O'Connors étaient des amis d'enfance. Ils avaient fréquenté le même lycée. Par la suite, ils avaient divergé au niveau professionnel sans rompre leurs relations pour autant. Lorsque leur fils était parti vivre en

France, ils avaient appris par ce dernier que les jeunes hommes s'étaient retrouvés à Troyes. Ils avaient été rassurés. John n'était plus seul.

Dorman chargea le brigadier Piot de les accompagner au dépôt mortuaire.

L'équipe ne chôma pas après leur départ.

Le commandant contacta le secrétariat d'INTERPOL à Lyon afin de savoir si les défunts étaient fichés dans leur pays d'origine. La réponse négative amena Jefferson à proposer une solution avantageuse. Parmi ses fréquentations, il s'était lié d'amitié avec le constable Fred Watson. Il le décrivit comme étant un être chaleureux, convivial, arrangeant dans les enquêtes et dévoué à sa tâche. Il aurait plaisir à le revoir.

Le commissaire divisionnaire, convaincu par le plaidoyer "dormanien", accepta la requête. Il fut convenu que les deux D et Jefferson voyageraient par mer, Mathieu et Piot resteraient au QG pour compléter les investigations en cours, quant à Gillet, il surveillerait Pierre Rossi dans ses déplacements ainsi que son pub dont la fermeture n'avait pas été envisagée par le juge d'instruction.

- There is no smoke without fire, dit Dorman en conclusion.

Le commissaire divisionnaire le regarda, surpris.

- Il n'y a pas de fumée sans feu, compléta Jefferson.
- Entièrement d'accord avec vous.

CHAPITRE XII

Mardi 6 septembre.

5 h 30.
Le commandant Dorman était satisfait. Il conduisait sa propre voiture. Il allait accomplir son devoir sur le sol anglais avec une détermination sans faille grâce à l'aide du constable Fred Watson, devenu Chief Inspector depuis sa dernière rencontre avec son ami William Jefferson qui, d'office, s'était assis sur le siège avant passager. Quant au lieutenant Duharec, elle finissait sa nuit sur la banquette arrière, la tête légèrement inclinée sur le côté gauche. Les bagages avaient été remisés dans le coffre et Dorman avait exigé une seule et unique valise. Il ignorait que sa colocataire avait aussi emporté un sac de voyage pliable.

Le commissaire divisionnaire leur avait donné carte blanche pour cette mission avec un impératif : retour dimanche au plus tard. Il considérait que cette opportunité ne devait pas ressembler à une prolongation de vacances estivales. Les deux D s'étaient scandalisés, par principe, devant une telle méprise.

À 8 h 30, ils décidèrent de s'arrêter. Dorman consulta ses e-mails sur la tablette tactile du lieutenant pendant que ses collègues revenaient avec les viennoiseries et les boissons chaudes.

- Une bonne nouvelle ? s'enquit Duharec en découvrant un patron au faciès radieux.

- Possible. J'ai reçu une proposition pour l'appartement, à la baisse, cela va de soi, mais dans une fourchette acceptable. Je crois que je vais répondre oui à l'offre. Il est fort votre agent immobilier. Vous aviez raison. À peine dix jours de mandat, il conclut. Chapeau bas, l'artiste.

— Travailler en free-lance à ses avantages. Il parcourt la région. Il est constamment sur le terrain à développer un excellent réseau. Je vous l'avais dit.

— Eh, Jefferson ! Ne fais pas la grimace. Nous viendrons te voir pour le ski, cet hiver.

— Je n'ai pas d'attache. Je pourrais postuler dans le coin. La famille, pour ce que je la fréquente. Votre légiste, Pierre Leblanc, prendra sa retraite sous peu, non ?

— Je ne crois pas. Son métier est sa vie malgré ses cinquante-neuf printemps.

— Tant pis. À quelle heure, le départ ?

— 11 h 35, l'embarquement. Qu'est-ce que tu regardes sur ton portable ?

— La météo de Londres. Pluie et vent. L'hiver s'installe en septembre.

— Tempête ? s'inquiéta Dorman.

— Tempête.

12 h 30.

Le bateau oscillait au rythme des vagues. La mer, enragée, offrait un spectacle apocalyptique suivant la description de Duharec. Une écume grisâtre s'abattait contre les flancs du ferry. De grosses gouttes cinglaient les vitres. L'accès au pont ayant été fermé par l'équipage, les voyageurs restaient rivés à leurs sièges, n'osant s'aventurer dans les travées. Il y avait là des habitués reconnaissables à leur façon de se tenir, d'étendre leurs jambes dans une posture décontractée malgré le roulis. Il y en avait d'autres qui lisaient le Times ou le Daily Express, désireux d'apprendre les derniers potins de leur pays natal. Ailleurs, des gens courageux reprenaient leur activité interrompue par un tangage trop important, avec un air de lassitude comme si, pas encore rentrés de vacances, cet interlude au milieu d'une vie de labeurs avait déjà été relégué au passé. Et puis il y avait les nouveaux, accrochés à la rampe. Ils s'extasiaient pour un rien, pour une futilité passagère, sauvegardant la vision diluvienne enchanteresse avec leur appareil photo numérique. En approchant des falaises de Douvres, ce furent les mêmes qui montrèrent du doigt le bal des goélands présageant la terre ferme, au grand soulagement du commandant.

Dorman avait blêmi pendant la traversée, cachant son mal de mer à ses compatriotes, lui qui avait prôné la croisière. Il aspirait maintenant à une goulée d'air frais. Le vol des oiseaux l'encourageait vers cette issue prochaine. Le souvenir s'était immortalisé à jamais dans son corps affaibli. Dans la soute, il céda le volant à Jefferson. Il ne souhaitait pas s'initier à la conduite à gauche. Il s'appropria le rôle de copilote. Duharec avait déplié la carte routière, réfutant l'assistance du GPS. Elle incriminait l'appareil d'égarer volontairement les conducteurs sur des chemins de traverse. Personne dans l'habitacle ne s'offusqua de sa remarque entendue de nombreuse fois à la mise en route du malheureux outil de navigation.

À 16 h 00, heure locale, ils avaient pris possession de leurs chambres respectives au Green Hotel.

Les deux D ne tarissaient pas d'éloges sur l'accueil et le service hôtelier. Avant leur rendez-vous, Dorman exigea de se poser devant la baie vitrée afin de contempler le jardin, la pluie, bien que plus fine qu'à leur arrivée, les bloquait à l'intérieur en les privant de la terrasse. Le lieutenant en profita pour partir chercher une boisson gazeuse au bar, les haut-le-cœur de son patron n'ayant point cessé. Jefferson apprécia la beauté des rosiers en fleurs, des hortensias et de la glycine dont les pétales, aujourd'hui fanés, s'amoncelaient sur le couvercle protecteur du puits. La sonnerie du portable de Dorman les ramena à la réalité. Il brancha le haut-parleur.

- J'ai eu confirmation des possesseurs de carte bancaire. Je vous passe les emmerdements pour les obtenir.

- Le but, Mathieu.

- Trois femmes en cure de chimiothérapie, une grand-mère et une Belge. En revanche, la poste qui se situe sur le même trottoir possède une caméra de rue. Bon, elle est loin. On ne voit pas grand-chose, juste des femmes qui entrent et qui sortent, la plupart de profil et pas d'homme ce jour-là. C'est une certitude.

- Les femmes, Mathieu, des jeunes ou des vieilles ?

- Difficile à se prononcer, souvent en pantalon, hormis la vieille.

- Restons positifs. Nous n'allons pas boycotter cette piste même si elle s'avère infructueuse. Continuez à surveiller la boutique jusqu'à notre retour, elle pourrait revenir.

- Je dois planquer, chef ?

- À votre avis ? Vous réviserez votre examen avec votre dictaphone. Enregistrez vos cours. Le brigadier Piot vous relayera dans la journée. Organisez-vous.

- OK, c'est vous qui décidez, patron. Je lui communique la consigne.

Dorman raccrocha et fit signe à Duharec et Jefferson qu'il était temps d'y aller.

17 h 00.

Les trois officiers de la police française descendirent du taxi devant Scotland Yard sous une averse brutale.

Le Chief Inspector, Monsieur Fred Watson, les reçut dans son bureau de style victorien.

Un papier peint vert bouteille, des boiseries marbrées, une table de travail Élisabéthaine en chêne aux motifs géométriques, des chaises cannées à haut dossier caractérisées par la garniture de tissu aux fils d'or rappelant celle des rideaux.

Une lampe Tiffany, posée sur un guéridon, diffusait une faible lumière pour parfaire le décor.

Le policeman était grassouillet. Il boudinait dans sa chemisette rouge fermée jusqu'au col. La ceinture de son pantalon bleu roy disparaissait sous son gros ventre. Il se déplaça avec difficulté pour venir les saluer, s'appuyant sur une canne à pommeau d'argent.

- La sédentarité, elle vous tue à petit feu, s'excusa-t-il en leur serrant la main.

Il n'y a pas que moi qui dois faire du sport, pensa Dorman. Voilà ce que je deviendrais. Duharec a raison, une fois de plus. Manger, bouger, éliminer, est la devise de la longévité.

- Nous te remercions pour ton aide, dit Jefferson, ému.

- J'ai effectué des recherches depuis votre appel. J'ai consulté les archives en tapant vos deux noms dans le moteur de recherche. Ils ressortent dans un délit ayant eu, à l'époque, un jugement en faveur de la légitime défense. Ils étaient plusieurs gosses à y avoir participé, une dizaine. Les faits se sont déroulés en période d'Halloween.

- Longtemps ? interrompit Dorman.

Il s'avisait à ne prononcer qu'un seul mot dans la langue anglo-saxonne.

- Oui, plus de quinze ans, une blague entre jeunes qui s'est mal terminée, tel est le terme du dossier. Je vous l'ai imprimé.

- Les gamins, est-ce qu'ils se fréquentaient ? traduisit Jefferson.

- Pas vraiment. Ils se connaissaient. Ils étaient inscrits dans le même lycée, certains dans la même classe.

- Comme Whillembad et O'Connors ? demanda Dorman.

- Non, eux étudiaient des matières différentes. Ils ne pouvaient pas être ensemble. J'ai prévenu le responsable que vous passeriez demain matin à partir de 9 h 00. Il se tient à votre disposition.

- Great minds think alike, cita fièrement Dorman.

- Pub ? proposa Fred Watson afin de sceller l'union franco-anglaise.

- Une bonne Fuller's ne se refuse pas, approuva Jefferson. Bravons les intempéries.

Espérons que les grands esprits se rencontreront demain, songea Duharec, en reprenant à son compte la phrase de son chef.

CHAPITRE XIII

Mercredi 7 septembre.

9 h 00.
L'orage avait cessé. Le soleil positivait la pensée du commandant.

Le directeur de l'établissement, Monsieur Marc Larson, attendait l'équipe des quatre dans son vaste bureau, un bureau moderne, à l'opposé de celui du Chief Inspector. On comprenait en y pénétrant que le directeur du lycée public Lord Graham Schefferd, du nom de son fondateur, voulait se démarquer des autres responsables par sa volonté à s'ouvrir aux innovations présentes et à venir. Vêtu d'un simple polo à l'emblème du lycée, il les conduisit dans une immense bibliothèque. Sur une table réservée, il avait étalé des livres reliés dans lesquels figuraient les années de classe correspondant aux dates fournies par Fred Watson la veille. Le directeur avait inventorié les pages concernées avec des post-it.

Dorman se pencha pour lire les noms. Whillembad et O'Connors y figuraient ainsi que les autres individus ayant pris part à la bagarre.

- Je vous ai aussi recherché les jeunes filles dont il est question, dit-il en leur montrant la pile de livres que le commandant avait ignoré.

Marc Larson désigna la sœur de celui qui était décédé suite à l'altercation, et deux autres adolescentes.

Merde ! pensa Duharec. Il n'y en a aucune avec des yeux bleus.

- Sauriez-vous où demeurent ces jeunes filles ? demanda leur interprète Jefferson.

- Les parents des Travers habitent toujours à Reading. Les Kepborn sont repartis en Écosse après avoir vendu leur concession de Bentley et Jaguar. Ils ont acquis un manoir d'après ce qu'on m'a rapporté. Les Trevor sont décédés dans un accident de voiture l'an passé. Je ne connais pas la profession de leurs enfants mais l'association des anciens élèves du lycée pourra vous aider, elle. Suivez-moi. Je vous emmène dans leur bureau qui se situe dans l'aile droite du bâtiment.

Traversée des couloirs austères.

Galerie des ancêtres de l'actuel propriétaire, descendant de feu Lord Graham Schefferd.

Un garçon d'une vingtaine d'années se leva de sa chaise en apercevant le directeur Larson.

- Ici, tout est informatisé. L'association a répertorié tous les élèves inscrits depuis la création de l'établissement. Cherchez dans votre base de données, Peter, les noms de Jane Trevor, Kelly Travers et Mary Kepborn. Que sont-elles devenues ?

- Les noms sont classés par ordre alphabétique, Monsieur. Ce ne sera pas long.

Attention soutenue.

- Mary Kepborn est mariée, deux enfants, sans profession. Kelly Travers est célibataire, infirmière. Jane Trevor est mariée, un enfant, professeur de lettres.

- Vous avez votre réponse, commandant.

- Peut-on avoir les adresses de chacune ?

- Je vous les écris, dit Peter en s'emparant d'un stylo-bille et d'une feuille au format A 4. Tenez.

9 h 30.

L'équipe se réjouissait du résultat en marchant dans la rue. Le trio longea un parc. Il décida de le traverser pour se rendre au parking où les attendait la voiture de Dorman.

Il était dix heures passées. Il y avait des promeneurs sur les pelouses et d'autres avachis sur des fauteuils en fer peints dans un vert prairie identique à celui de l'herbe fraîchement tondue, le dos contre le dossier en métal et les pieds sur l'assise d'un autre siège, désireux de profiter du moindre rayon solaire. Cet étalage de semelles pointées vers l'avant comme autant de panneaux indicateurs s'apparentait à un musée éphémère de la chaussure déclinant toutes les variétés possibles de l'étrangeté : de la panthère haute couture chaussée sur des pointes à l'espadrille bon marché, la diversité londonienne était suspendue en l'air. Un jet d'eau rafraîchissait l'ambiance à leur proximité. Des écureuils voraces de couleur grise, aux dents acérées, venaient s'y désaltérer. Formant un cercle autour de ce point d'eau, des sculptures empaquetées dans un plastique jaunissant, qui se voulait transparent à ses débuts d'emmaillotement, attendaient patiemment leurs restaurations.

Une musique lointaine parvint au groupe des trois au cours de leur ballade. C'était celle d'un vieux carrousel à chevaux de bois conservé dans son jus avec peinture écaillée et tout le "tralala lalère" qui ne laissait point indifférent l'oreille du mélomane averti non distrait par les bruits citadins.

La promenade avait tranquillisé Dorman. Il demanda à Jefferson de contacter son ami de Scotland Yard. Son flair lui disait de commencer par l'infirmière.

- C'est logique, chef. C'est la mieux placée pour le matos, déduisit Duharec.
- Oui, mais quel serait son mobile ?
- Le frère.
- La mort dans une échauffourée ne constitue pas un motif de vengeance mais s'apparente au pur hasard au même titre qu'une balle perdue.
- Nous allons vite le savoir, Watson nous rejoint chez eux, à Reading.

11 h 00.
Les deux D, Jefferson et Watson se tenaient devant un cottage typique du sud de l'Angleterre avec son toit de chaume et ses fenêtres arrondies à petits carreaux. Duharec admira les

buissons taillés en boules qui nécessitaient un soin particulier pour garder leur forme.

Madame Jennifer Travers, institutrice, les reçut en robe orange à manches volantées et grosse ceinture noire. Des chaussures à semelles compensées d'une couleur semblable à la robe la grandissaient afin d'atteindre la hauteur de son mari. Un collier fantaisie à grosses perles rouges pendait autour de son cou. Un bracelet à breloques en cuivre tinta lorsqu'elle referma la porte d'entrée derrière eux.

Son mari, Monsieur Dan Travers, professeur de mathématiques, plus âgé qu'elle, étudiait les nouveaux venus derrière ses lunettes à monture de la marque Hugo Boss qui était aussi celle de sa chemise beige. Il portait un pantalon noir à pinces et des mocassins noirs eux aussi.

Ils ne comprirent pas de suite l'intervention de la police française à leur domicile. Dorman exigea une photographie récente de leur fille qu'il flasha et expédia sur le téléphone de Mathieu pour la reconnaissance faciale. La sollicitation du lieutenant demeuré en France était déterminante.

La planque ne sera pas du temps perdu, pensa Dorman.

Ils attendirent la confirmation par Madame Romano qui arriva un quart d'heure après.

Positif.

- Où se trouve actuellement votre fille ? demanda Watson.

Il était de son devoir de procéder à l'interpellation sur le sol anglais.

- Elle voulait se rendre au cimetière, répondit Madame Travers d'une voix faible.

La mère était anéantie.

- Je vous montre le chemin, proposa le père.

11 h 30.

Watson et Monsieur Dan Travers marchaient en tête dans le cimetière. Les deux D et Jefferson les suivaient dans une contre-allée. De loin, ils aperçurent une silhouette accroupie,

s'occupant à nettoyer une dalle en marbre blanc. Elle ne les entendit pas arriver. Elle se retourna seulement lorsque Monsieur Travers appela doucement.
- Kelly, viens. Il faut rentrer, maintenant.

Elle les regarda tour à tour et s'appuya sur le bras paternel. Elle marcha à ses côtés, docile. Elle ressentit un froid intérieur mais la peur l'avait quittée. Elle monta dans la petite Citroën rouge avec le Chief Inspector. Le père suivit le véhicule de sa fille en compagnie de Duharec dans son Audi A 3. Jefferson reprit le volant avec Dorman à côté de lui. Un drôle de convoi se guidant les uns, les autres.

De retour chez elle, Kelly Travers s'assit sur un pouf dans le salon tandis que ses parents s'installèrent dans le canapé. Les quatre policiers restèrent debout. Duharec et Watson encadrèrent la jeune fille pendant que Dorman et Jefferson bloquaient les issues au cas où elle s'enfuirait, ce qui était peu probable.

Kelly Travers apprit que l'achat d'une perruque l'avait compromise, la vendeuse ayant formellement reconnu son portrait. Un cheveu de ladite perruque s'était retrouvé sur une scène de crime.

Madame Travers défendit sa progéniture comme toutes les mères, refusant de voir en sa fille une criminelle.

Le drame d'Halloween était ambigu. Cela s'était produit dans une ruelle proche de leur maison. Ils étaient dix jeunes, dont certains étaient ivres, à s'amuser à avoir peur en cette nuit d'angoisses. Kelly Travers avait treize ans. Elle avait été effrayée par ce qu'elle avait vu. Un des garçons, un grand, avait commencé à se déshabiller. Il avait baissé son pantalon au motif de squelette. Il était saoul. Il avait une énorme tache rouge autour du nombril. Elle avait froid dans son costume de sorcière. Les autres gamins avaient regagné leur domicile en rigolant. Il ne restait plus qu'elle, son frère et les deux ivrognes Whillembad et O'Connors. Son frère les connaissait de vue. Ils avaient dix-huit ans révolus, lui à peine seize.

Ne déconnez pas les gars, laissez nous passer, avait-il crié.

Prise de panique, l'enfant qu'elle était avait hurlé qu'ils allaient la violer. Elle voulait fuir. Les garçons lui barraient le passage en ricanant de plus en plus fort. Elle gardait en mémoire les obscénités prononcées. Son frère avait sorti l'opinel qu'il emportait toujours avec lui le soir. Il les avait menacés avec. O'Connors avait voulu prendre l'arme mais son frère, un être malingre, s'était défendu. Dans la rixe, O'Connors avait tourné le poignet de son agresseur sans réaliser que cette action pourrait lui transpercer l'abdomen. Le jeune garçon fut surpris par sa propre lame enfoncée dans son ventre jusqu'à lui éclater la rate.

Légitime défense.

Adversaire non armé attaqué par arme blanche.

Telle avait été la conclusion du tribunal.

Kelly Travers n'acceptait pas ce jugement hâtif. Elle avait vu son frère s'effondrer sur le bitume, les deux mains sur le manche du couteau, essayant vainement de se le retirer dans un ultime effort. Il était mort sous ses yeux, les deux autres étaient partis, celui à la peau noire soutenant son camarade qui, n'arrivant plus à se retenir, urinait en marchant.

- La vérité, elle est là, conclut-elle.

- Il est facile de projeter la culpabilité sur autrui et de s'en défendre plutôt que de la trouver en soi, expliqua le père à sa fille. Ton frère n'aurait jamais dû avoir ce couteau sur lui. Rien ne serait arrivé. Whillembad avait seulement envie de soulager sa vessie et ils en avaient profité pour te faire peur. Une absurdité.

- Le manichéisme est une conception difficile à concevoir, énonça Dorman en français.

Fred Watson emmena la jeune femme au poste, à Scotland Yard. Pour l'instant, Kelly Travers n'avait pas avoué bien que les indices concordassent à la considérer comme étant la coupable des meurtres troyens.

14 h 30.

Le trio s'attardait devant des coupes de glace vides, pensant à leur retour en France.

Duharec s'imaginait les retrouvailles avec le capitaine Gillet.

Dorman songeait que sa vie serait terne et douloureuse sans sa colocataire. Son absence refléterait la fadeur d'une existence dénuée de couleurs, un film en noir et blanc. Il se refusait à envisager cette situation. Maintenant qu'il avait donné son accord en vue de la signature du compromis de vente, il devait résoudre l'équation aux inconnues blessantes. En repensant au lycée anglais, cette immense bâtisse, une lueur d'espoir surgit de son questionnement. Sa détresse s'amenuisa. La solution était là, rester à convaincre Duharec.

Jefferson profitait de l'instant présent.

- Si elle ne craque pas, dit Dorman en rompant le silence, la preuve est mince. Nous n'avons pas retrouvé l'arme de substitution et les produits. Il n'y a pas d'empreinte, ni d'ADN. Il ne sera pas aisé de l'inculper.

- C'est le boulot des juges, maintenant, des policemen, du procureur et des avocats. Nous avons fini nos investigations, déclara Duharec. Elle avait l'opportunité, le mobile, un métier qui lui a permis de chasser sa proie. Tout ce que j'énumère pèse dans la balance, chef. D'autant que le Whillembad n'est pas net, lui aussi. Endosser la profession de détective pour avoir ses entrées dans la police est tordu comme raisonnement. À se demander comment il a pu obtenir son agrément. Et l'autre qui se culpabilise de n'avoir pas su comment éviter le drame et qui surveille son copain ne vaut pas mieux. En positivant, vous avez pu démanteler un réseau de prostitution infantile, un de cannabis et attraper les coupables de l'enlèvement. Trois affaires résolues pour deux crimes qui vont l'être eux aussi, résolus.

- Je préférerais qu'elle avoue les crimes. Les aveux signent la condamnation.

- Maintenant que tu connais mieux Watson, je suis sûr qu'il te suivra et appliquera la méthode d'interrogatoire d'Inbau, Ruid et Buckley avec la finesse requise. Il les obtiendra, tes aveux, dit Jefferson sur un ton qui se voulait rassurant.
- Je l'espère, sinon le crime sera parfait et restera impuni.
- Presque parfait, chef, contra Duharec. Presque parfait. Le crime parfait n'existe pas, je vous le certifie, sinon, quel serait notre rôle ?
- That is the question.

Fin